Het Koninkrijk der Kikkeren is nabij

D1150025

Ef Leonard

Het Koninkrijk
der Kikkeren
is nabij

science-fiction & psycho-horror

A. W. Bruna & Zoon   Utrecht/Antwerpen

Omslag
Dick Bruna

voor Leen Spierenburg

1972
ISBN 90 229 9013 3
D/1972/0939/51

Inhoud

Weet iemand waar de rijst is?

Heel geleidelijk trok het waas voor zijn ogen op en begon hij de dingen om zich heen weer wat scherper te zien. Hij moest een duizeling hebben gehad, maar dan wel een langdurige. Misschien had hij te veel gedronken en was hij een poosje van de kaart geweest. Dat kwam meer voor.

Maar waarom stond hij dan in jezusnaam een ui te snipperen in de keuken van een vreemd huis en had hij de kleren van iemand anders aan, een wijde slobberbroek en een overhemd met zo'n krankzinnig groot boord?

Hij liet zijn blikken over het aanrecht dwalen, over het blinkend witte fornuis en herinnerde zich nu toch wel dat hij het zelf was geweest die de pan voor de paella op de kookplaat had gezet, de tomaten in een steelpannetje had gedaan, de vis had gesneden – roodbaars zo te zien – en de kip had uitgebeend.

Het was zo bezopen dat hij maar besloot om net te doen of het volkomen normaal was, anders werd hij er misschien kierewiet van. Hij was paella aan het maken in een vreemd huis – nou én?

In de kamer ernaast stond harde beatmuziek aan en er werd gelachen en gedanst. Zo nu en dan hoorde hij iemand boven het geluid van de muziek uit roepen.

'Campari!' schreeuwde een mannenstem. 'Ja, campari!'

Even later hoorde hij een glas kapot vallen en terwijl hij de snippers nog wat fijner sneed, zag hij in gedachten het stroperige spul op de vloer, een bloedplas met scherven op groen linoleum. Waarom groen linoleum? Zijn maag kromp samen van angst. Vanwaar die angst?

'Om je te benatten,' klonk een schelle vrouwenstem. 'Hij legde

7

zijn arm voor het wiel, de kar begon te rijden, en krak! zei die arm natuurlijk.'

Doodemont keek een beetje schuw naar het halfvolle glas jenever dat naast een plank met een bleke lap vlees op het metalen aanrecht stond. Hij moest er een slok van genomen hebben toen hij nog niet helemaal bij bewustzijn was, maar hij durfde nog niet direct een tweede slok te nemen. Stel je voor dat hij weer straalbezopen werd.

Na even te hebben geaarzeld nam hij toch een voorzichtig slokje. Mm, jonge klare, zacht van smaak. Precies wat hij altijd dronk als hij kookte. Hij nam nog een slokje en goot toen ook maar het restje naar binnen.

Toen hij het vlees wilde gaan snijden, kwam er iemand met veel lawaai de keuken binnen, een lange man met een vierkant gezicht en een blonde snor. Hoewel Doodemont hem niet kende, kwam zijn gezicht hem toch bekend voor.

'Ha, onze kok!' De man sloeg hem op de schouder. 'En, hoe voel je je nou?' Hij keek naar de ingrediënten op het aanrecht. 'Wordt het iets, of wordt het niets? Haha, die is goed. Stel je voor dat het niets wordt, dan zitten we straks hapjes lucht aan onze vorken te prikken.'

'Ja, stel je voor,' zei Doodemont droogjes, haalde een vleesmes uit een la en voelde of het scherp genoeg was. Hij huiverde even toen hij de scherpte ervan voelde.

'Hoe kom ik hier eigenlijk verzeild?' viste hij. 'Was ik misschien dronken of zoiets?'

'Dronken? Welnee, kerel, tenminste... We hebben je uit het water gehaald. Je was bijna de pijp uit. Maar eh... hoe zit het met die paella? Wanneer is die klaar?'

'Over een uur of anderhalf, denk ik.'

'Verrek, zo lang nog? Ik sterf van de honger.'

'Tja,' zei Doodemont en haalde zijn schouders op. 'Je kunt het niet rauw opvreten. Tussen haakjes: is dit huis van jou?'

'Van mij? God, nee, zeg. Eigenlijk van Guus, de man van

Claudie.' Hij maakte een vaag gebaar met zijn arm en wankelde even. 'Guus is eh ... je weet wel, ervandoor met weet ik wie. Ze woont hier helemaal alleen, Claudie. Toffe meid. Overal voor te porren ... Nou, tot straks, hou je taai.' Hij stommelde de deur weer uit.

Toen de man weg was, schonk Doodemont zich nog een glas in uit de fles die hij na even zoeken in een hoek op de grond vond staan en zakte neer op een van de keukenstoelen, het glas in zijn hand.

Er begon zich iets in hem te roeren, eerst nog wat vaag, toen al duidelijker. Aanvankelijk trachtte hij de gedachte die zijn geest binnendrong, weg te duwen, een waanzinnige gedachte. Natuurlijk lukte dat niet. Stel je voor dat het dát was geweest. Godvergeme, het zweet brak hem uit.

Hij zat nog op school toen hij het voor de eerste keer meemaakte, de tweede keer was nog maar enkele jaren geleden, eindeloos lange jaren, dat wel.

Hij was tot bewustzijn gekomen toen hij op de fiets naar huis reed. Hij kwam de laan in en zag plotseling vanuit de zijstraat tegenover zijn huis een auto te voorschijn schieten die recht de voortuin in reed en daar David, zijn paar jaar oudere broer die aan het schoffelen was, met een smak tegen de pui wierp. Hij had zijn fiets op de stoep laten vallen en was de openstaande deur binnengerend, had zich in zijn kamer de kleren van het lijf gerukt en was hals over kop in zijn bed gedoken, de dekens over zijn hoofd getrokken, om het bebloede lijk niet te zien. Een tijdlang had hij van ellende liggen kreunen voordat hij tenslotte in slaap viel.

Toen hij wakker was geworden, had David die hij een paar uur tevoren dood in de tuin had zien liggen, aan zijn bed gestaan.

'Verdomde luilak,' had David gezegd, 'word eens wakker. Wat heb je voor den donder met mijn pick-up uitgevoerd. Hij doet het niet meer.'

9

Urenlang was hij volkomen overstuur geweest.

De volgende dag was hij weer de straat in komen rijden. Daar schoot de auto te voorschijn. Hij zag David's lichaam tegen de muur smakken en rende op de auto toe. Achter het stuur zat een jonge vrouw – bijna een kind nog. Hij trok haar achter het stuur vandaan en begon haar te schoppen en te stompen waar hij haar maar raken kon, tot zijn vader hem wegsleurde en het huis in duwde.

Nooit had David meer voor zijn bed gestaan.

Zijn handen trilden afschuwelijk en hij goot snel het glas jonge in zijn keelgat.

Was het nu voor de derde keer gebeurd? Tweemaal in zijn leven had hij iets gruwelijks meegemaakt dat voor ieder ander nog in de toekomst verborgen was geweest. Meegemaakt! Dat was het verschrikkelijke ervan. Het was geen van beide keren een kwestie van voorgevoelens geweest. Hij had het gezien, ervaren, meegemaakt!

Hij veegde het zweet van zijn gezicht en kwam kreunend overeind, zette het glas op het aanrecht en begon het vlees te snijden – het zag er een beetje eigenaardig uit.

Paella, hij moest paella klaarmaken voor acht man. Hij wist het precies: acht man. Heel vreemd.

Doodemont begon wat nerveus te grinniken. Als wat hij nu deed eigenlijk betrekking had op iets dat voor anderen – en in zekere zin ook voor hemzelf – nog gebeuren moest, dan zag die toekomst er niet al te somber uit deze keer. Hij kookte graag en in elk gezelschap slaagde hij er wel in zijn hobby een keer ter sprake te brengen. Zodoende werd hij dikwijls uitgenodigd om ergens te komen koken, een beetje bijzondere dingen zoals paella, aubergines op z'n Grieks, lever op de manier van de wijnverkopers, székely gulyás . . .

Dat hij zich niets van de laatste paar uur kon herinneren bleef hem echter verontrusten. Ja, nu schoot hem weer iets te binnen. Hij was . . . Jezus ja. Het bloed vloog naar zijn wangen.

10

David . . . Het was een heel ding, een broer te verliezen, iemand met wie je je hele jeugd had gedeeld: hutten bouwen, stammetje wippen, stelletjes beloeren, kletsen, voetballen, plaatjes draaien, seksuele ervaringen uitwisselen.

David . . . Zijn lachen, zijn lopen, heel zijn doen en laten lag als een film in zijn geheugen opgeborgen, een film die hij al een eindeloos aantal keren had gedraaid.

David had een merkwaardige hobby gehad: koken, een hobby die Doodemont na David's dood had overgenomen, alsof dat de leegte kon vullen die sindsdien in hem was ontstaan, het hongerige gevoel dat hij sinds zijn dood in zijn lichaam had meegedragen als een vrouw haar ongeboren kind.

Afwezig sneed hij het vlees in flinke dobbelstenen. Er liep weer een huivering over zijn rug die de haren in zijn nek overeind deed staan.

Als zijn vader hem niet bij haar vandaan had gesleurd, had hij haar vermoord, het godvergemese kind dat David had doodgereden. Ook haar gezicht kon hij nog precies voor zich halen, lijkwit, met donkere angstige ogen, trillende lippen, een smal driehoekig gezicht, roodbruin haar, wat sproetjes . . .

Hij deed de koelkast open, snoof even. Een zilte geur kwam hem tegemoet. Ja, het was er allemaal. In een van de groenteladen vond hij voorgekookte mosselen en grote garnalen. O ja, en paprika, twee rode paprika's in een groen netje in de andere la.

De keukendeur werd opengerukt. Een nogal grove, niet onknappe, grote vrouw kwam een beetje onzeker binnen, maar haar stem klonk allerminst onzeker.

'Hé, drenkeling, heb jij Claudie soms gezien?'

'Claudie? Ken geen Claudie.' Hij gooide het zakje mosselen leeg op het aanrecht.

'Hé, zeg, zou je niet eens een beetje meer aandacht aan me schenken?'

'Spijt me, schat, ben aan het koken. Jullie schijnen honger te hebben, zei die kerel die net hier was.'

'Steef bedoel je. Een beetje meer eerbied voor je redder.'

'Weet ik veel.'

'Ik eh . . . ik heb eigenlijk helemaal geen honger . . . Tenminste . . .' voegde ze er veelbetekenend aan toe.

Ze kwam vlak achter hem staan, sloeg haar armen rond zijn middel en keek over zijn schouder naar de schalen met rauwe vis en vlees. 'Wat zei je ook weer dat je zou koken?'

'Paella.'

'Paella? Is dat lekker? Net zo lekker als? . . .' Ze drong zich tegen hem aan, zodat hij haar zware linkerborst tegen zijn rug voelde drukken.

'Kom, lieverd, wees nou verstandig,' zei hij. 'Ik ben net aan het belangrijkste toe.'

'Ik ook,' giechelde ze, terwijl ze met haar lichaam kronkelde. 'Als we gegeten hebben.' Hij glimlachte naar de tomaat die hij aan het villen was. Bijzonder rooskleurige toekomst, dacht hij. Sinds David's dood had hij zelden zo'n fijne avond gehad.

'Oké, ik ga al, hoor. Tot straks, hè?' Ze drukte hem nog een keer stevig tegen zich aan en liep naar de deur. Daar bleef ze nog even staan. Ze giechelde weer. 'Bespottelijk, die broek van Guus,' zei ze.

'O ja?' Hij draaide zich niet om en hoorde tenslotte de deur achter haar dichtvallen.

In de kamer ernaast ging het rumoer onafgebroken door. Hij neuriede zachtjes met de muziek mee. Zijn stemming steeg met de minuut, vooral toen het vlees eenmaal in de pan lag te sudderen. Hij strooide er luchtig wat snippers ui overheen en begon met het pannemes te werken.

Even later ging de deur weer open.

'Effie zegt dat je lekker bezig bent. Mag ik even een oogje wagen?'

Een hoge, haast vrouwelijke stem.

'Opsodemieteren,' zei Doodemont kwaad. 'Ik kan verdomme

niet koken als iedereen maar telkens komt binnenlopen. Oprotten, en vlug!'

'O, nou ja, gut zeg, goed hoor. Van mij zul je geen last hebben, poes. Wist ik veel. Dan zien we elkaar straks wel aan tafel, hè? . . . Of onder tafel, hihihi.'

De ander liep weer naar de deur. Lang, blond, zijdeachtig haar en een paars hemd boven een roze broek. Een schat van een kerel, dacht hij grimmig, maar toch ook een beetje geamuseerd. Geen wonder dat die griet direct op hem was komen afstevenen. Kwam misschien heel wat te kort in dat gezelschap.

Zo, nu de tomaten erbij. Even goed kijken voordat hij nog een borrel nam: kip, varkensvlees – dat was er toch eerst niet? Nou ja, het was er nu wel – ham, worstjes, uitjes, wat knoflook, peper, tomaten . . . Vijf minuutjes geven om aan elkaar te wennen en dan de rest . . .

Hij zou de rijst vast even pakken, waarschijnlijk bij de andere boodschappen in het linkerkastje. Eens kijken: suiker, bloem, geen rijst verdomme nog an toe!

Nog eens kijken . . . Nee . . . Ook niet in een van de andere kastjes? Nee, alleen maar plastic dozen in het ene en ovenschalen en zo in het andere. Verdomme!

Om wat beter te kunnen nadenken nam hij nog een borrel, een half glaasje maar, anders kwam er niks van die maaltijd terecht. Hij voelde het al behoorlijk.

Vreemd. Hij dacht toch dat hij ergens rijst had zien staan, in de een of andere kast. Maar waar had hij die kast dan zien staan? Een leverkleurig geverfde open kast met planken. Hij zag hem nu duidelijk. Hoe kwam hij daar toch bij? Was Claudie er maar.

Hij liep naar de gang en deed de kamerdeur open. Een geur van alcohol en sigaretterook en van nog iets anders walmde hem tegemoet, een dikke Rijnmondmist, waardoor hij in het begin alleen de gezichten kon onderscheiden, bleke ballonnen

13

die zomaar in de lucht schenen te hangen.

De pick-up toeterde luid, maar verder was het stil. Iedereen zweeg en allen staarden hem aan, vier dansenden – een man en een vrouw en twee mannen – en twee zittenden, twee vrouwen. Hij kende er nu al drie van.

'Is Claudie nog niet op komen dagen?' Alsof hij haar al jaren kende.

De hoofden schudden. De vrouw die zojuist bij hem in de keuken was geweest, glimlachte hem toe.

'Nee schatje, we hebben d'r al in geen uur gezien. Zeker ergens anders heen. Het is me er eentje, die Claudie.'

Ze kwam snel overeind, liep op hem toe en zoende hem vol en stevig op de mond, vrij langdurig ook. Hij kwam adem te kort.

Eindelijk liet ze hem los. 'Mij moet je ook niet uitvlakken,' zei ze hijgend. Haar ogen glansden en ze likte sensueel met de punt van haar tong langs haar lippen.

De anderen lachten.

'Ik kan geen rijst vinden,' zei hij. 'Weet iemand waar de rijst is?'

De paarsroze jongen met de zijdeachtige leeuwemanen kwam naar voren. Hij zag er klein en ondeugend uit met zijn metalen brilletje en pientere, blauwe oogjes die glommen van plezier.

'Kun jij de rijst niet vinden, lief kookknulletje. Kunnen we het dan niet zonder die korreltjes opsmiespelen?'

Doodemont schudde nors van nee en snelde de deur uit om het gas zachter te zetten, was al gauw weer terug.

'Toch meen ik dat ik ergens rijst heb zien staan,' zei hij bijna wanhopig.

'Misschien in de kelder,' zei sensuele Effie. 'Claudie doet nogal veel in de kelder, van alles en nog wat. Het is twee trappen naar beneden. Zal ik even met je meegaan, lieverd?'

Hij was al weg, schoot met de zweverige behendigheid van

14

iemand die een beetje beneveld is, de trap af. Ze kwam gelukkig niet achter hem aan.

In de benedengang brandde flauwtjes een lamp. Eveneens scheen er licht door het matglazen ruitje van een van de deuren. Het leek een wc. of een badkamer. Erachter hoorde hij vage geluiden, alsof iemand het wat moeilijk had met de stoelgang.

Misschien Claudie? . . .

De grendel stond niet op rood en hij opende de deur, gluurde om de hoek.

Het was een badkamer. In het bad waaruit damp omhoogsteeg, zag hij twee vage, elkaar omstrengelende lichamen met een verwarrende hoeveelheid ledematen. Het water klotste zachtjes.

'Is een van jullie Claudie?'

Een natte, hoogrode mannenkop dook uit de nevel op. 'Ik niet in elk geval,' zei hij. 'En zij ook niet. Hè, Julie?'

Doodemont schrok. 'Zeg, eten jullie soms ook mee? Ik heb eigenlijk maar op acht man gerekend.'

De vrouw, een donkere, tamelijk benige schoonheid, richtte zich moeizaam op onder het zware gewicht van de man.

'Wat eten we vanavond?'

'Rijst,' antwoordde Doodemont, 'als ik ze tenminste vinden kan. Weten jullie ze misschien te staan?'

'Bah, rijst,' zei de vrouw en liet zich weer achterover zakken. 'Wij nemen straks wel een omeletje, hè, Henri? Omelet naturel. Daar is hij gek op, hè, Henri? . . . En mieter jij nou op met je rijst; we moeten ons wassen.'

Doodemont vertrok en ging even bovenaan de trap zitten die naar de kelder leidde. Hij grinnikte hardop. Wat een toekomst, dacht hij. Als ik nou die Claudie en de rijst nog vind . . . Hij begon eigenlijk wel verdomd nieuwsgierig te worden. Die Claudie . . . misschien was ze wel in de kelder! Hij had het gas toch zacht gezet, dus . . .

Hij liep snel de trap af.

Er kwamen drie deuren uit op het kleine portaaltje. Het was eigenlijk meer een souterrain dan een kelder. Achter de eerste deur was een kast met een stofzuiger, wat plastic emmers en andere schoonmaakspullen. Aan de derde deur kwam hij niet toe, want toen hij de tweede opende, zag hij in de halve duisternis iemand op de grond liggen. Claudie waarschijnlijk, zwaar beneveld misschien. Dat zou wel jammer zijn . . .

Hij tastte naar de schakelaar en knipte het licht aan, zag in een flits de open, leverkleurige kast vol levensmiddelen, ook pakjes rijst, voordat hij naar de vrouw keek wier blote lichaam in een vreemde kronkel op de vloer lag.

Hij verstijfde. Ze lag op haar buik en over haar rug, ontspringend tussen haar schouderbladen, stroomde een verstarde bloedrivier, terwijl de achterkant van haar dij een grote, gapende, bijna vierkante wond vertoonde die verschrikkelijk gebloed moest hebben. Op het groene linoleum tekende zich een enorme bloedplas af die ongeveer de vorm had van een schilderspalet.

Ik moet met mijn ogen knipperen, dacht Doodemont dwaas. 'God, wat doen mijn ogen zeer van dat gestaar. Ik moet ermee knipperen.'

Hij deed het en kwam een paar stappen naderbij, bukte zich, draaide haar half om zodat hij haar in het gezicht kon kijken. Met een schok keerden een heleboel herinneringen terug.

Claudie . . . Hij tastte in de zakken van de vreemde slobberbroek, voelde zijn dolkachtige zakmes zitten. Het kleefde . . . Haar bloed tegen zijn bloed. Onmiddellijk had hij haar herkend, dat driehoekige gezicht, dat roodbruine, bijna roestkleurige haar, de kleine sproetjes op haar neus . . .

Er liep een siddering door zijn lichaam.

Toen de man met het vierkante gezicht, toen Steef die hem uit het water had gered, hem naar haar woning had gebracht, toen ze de voordeur had geopend . . . Meteen had hij gewe-

16

ten wie ze was. Hij had zijn haat verbeten, zelfs tegen haar geglimlacht, met haar gepraat, de kleren van haar weggelopen man, van Guus, in dank aanvaard . . .

Met een scherp geluid zoog hij lucht naar binnen. Hij duwde zijn vuisten in zijn oogkassen. God, dit was het, dit gruwelijke zou hij nog eens moeten meemaken. Nogmaals zou hij het scherpe zakmes in haar rug moeten stoten en als een slager de bleke lap vlees uit de achterkant van haar dij moeten snijden, voor de paella. Jezus, wat had ze gebloed. God, wat zou ze bloeden.

Hij keek schichtig naar de rijst. Ook dat detail herinnerde hij zich weer. Nadat hij haar had vermoord, was hij met twee pakjes rijst naar boven gegaan en met . . . met . . . Toen hij op de parterre was, had hij voetstappen gehoord, was een kast in geschoten. De twee zakjes moesten daar nog altijd staan . . .

Hij keerde zich met een ruk om, vluchtte de kelderkamer uit, wankelde in paniek de trap op. Zijn handen die de buitendeur openden, beefden niet, ze schokten. Hij stortte zich de stille, duistere nacht in, bleef doorrennen tot hij thuis was, nam de trap met twee, drie treden tegelijk.

In zijn kamer aangekomen rukte hij zich de vreemde, wijde kleren van het lijf, dook zijn bed in en trok de dekens helemaal over zijn hoofd om haar niet te zien, die gapende wond, al dat bloed, dat blauwe gezicht . . .

Die avond had hij naar de rivier willen gaan, maar zijn voeten weigerden. Ze werden onweerstaanbaar getrokken in de richting van het park met de donkere, stille vijver.

Hij keek naar het water en zag David, zijn nobele, blanke profiel, het korte, blonde haar.

Ze zaten aan het open raam en staarden de zoele zomeravond in. Aan de overkant was gelach en gepraat van mensen op de balkons. Vrouwen hingen als trossen bloemen over de rand. Witte mannenoverhemden staken blauwig wit af tegen de gele achtergrond van schemerig verlichte huiskamers. Zachte muziek zweefde boven de tuinen. Dichtbij, vlak onder hen, ritselden de bladeren van de zilverberken.

'Nu moest de tijd stilstaan,' zei David met aarzelende stem. 'Zo moest het net zolang blijven tot het ons verveelde.'

'Nou,' zei hij, 'verdomd, je hebt gelijk, David,' met al het enthousiasme van zijn puberteit.

Na een poos stond hij op. Als hij eenmaal op de bodem van de vijver lag, zou de tijd voor eeuwig stilstaan. Misschien was David daar, ergens aan de overkant van de dood, lichaamloos tussen de stengels van waterlelies, tussen de flarden wolken die langs de hemel dreven, voorbij de maan . . .

Hij deed een paar stappen achteruit, nam een aanloop en sprong . . .

Het eerste dat hij weer hoorde was een stem, maar niet die van David. Toch kwam de klank hem vaag bekend voor.

Hij werd overeind gesjord. 'Kom,' zei de man.

Doodemont keek hem aan. Het was een lange man met een vierkant gezicht en een blonde snor. Ook dat gezicht moest hij meer gezien hebben.

'Kom, dan gaan we naar Claudie,' zei de man. 'Die heeft wel droge kleren voor je. Haar man is er toch vandoor, heeft al zijn kleren achtergelaten, de gek.'

'Claudie?' prevelde Doodemont. 'Vindt die dat wel goed?'

'Claudie vindt alles goed. Nadat ze een of andere knul heeft doodgereden, is ze nogal woest gaan leven. Ze vindt het zelfs goed dat . . . Nou ja, dat zie je nog wel. Jij bent wel het type waar ze op valt, als je haar een beetje droog is tenminste.'

Het bleek inderdaad zo te zijn. Vanaf het moment dat hij druipend bij haar voordeur stond, hield ze zijn blik gevangen. Ze hielp hem droge kleren aantrekken van haar weggelopen man, was nogal hitsig met haar handen, kroelde tegen hem aan toen ze even alleen waren.

Er was een heel gezelschap in huis, leuke lui allemaal. Doodemont zat maar te glimlachen om alles wat ze zeiden, een beetje bleekjes en rillerig nog.

Claudie schonk een stevige borrel. Sommigen rookten hasj, een zware, bitter-zoetige geur verspreidend die hem lichtelijk deed walgen.

Hij bleef maar rillen en wit zien.

'Hier,' zei Claudie na een poosje, 'neem dat maar eens in. Daar knap je misschien wel van op. Het geeft je een andere kijk op de dingen.'

Ze gaf hem een witachtig klontje. Iets voor de zenuwen zeker, dacht Doodemont.

Na een poosje begon alles om hem heen een beetje raar te doen, dat was hij zich nog wel bewust. Alle gezichten trokken scheef als bij een televisie waaraan iets hapert, de tafelpoten begonnen te kronkelen als slangen en de muren wiebelden, dreigden iedere keer om te vallen.

Hij hoorde zichzelf praten, maar hij wist eigenlijk niet precies waarover. Het ging over koken, dacht hij.

'Gut knul, we krijgen er gewoon honger van,' zei een bleke, blonde jongen met een paarse bloes aan.

'Hoezo, waarvan?' vroeg Doodemont.

De jongen schoot omhoog en werd heel smal en lang, zijn mond werd een verticale spleet en daar praatte hij door op zo'n zotte manier dat Doodemont vreselijk hard moest lachen.

'Kun je misschien een van je liflafjes voor ons klaarmaken?' zei de spleet. 'Zou ik verrukt van zijn. Mijn vriend trouwens ook. Dat is toch zo'n smulpaapje, hè, Victor?'

Claudie sleepte hem mee naar de keuken, waar ze een poosje tegen hem aan ging staan hangen. Hij was helemaal bol en zij helemaal hol.

'Holle-bolle-spiegel,' zei hij tegen haar, toen ze even zijn tong met rust liet.

19

'Hè?' zei ze.

'Holle-bolle-spiegel,' zei ik.

Even daarna deed hij bijna gewoon. Ze keken samen of alle ingrediënten voor een paella aanwezig waren. Verrukkelijke vrouw, Claudie, die Claudie, die Clau. Ze had van alles en alles in huis, zo gek kon je het niet opnoemen. Haar koelkast zat stikvol allerlei spullen: artisjokken, pens, raamkozijnen, slakken, vuilophangers.

Wat waren dat ook weer? Vuilophangers?

Alleen sommige, verrekt simpele dingen had ze niet. Varkensvlees bijvoorbeeld. Wat kon je nou uitrichten met een raamkozijn zonder varkensvlees. Tja, en rijst had je toch ook nodig voor de . . . hoe heet dat ook weer, Claudie? Voor de pacelli, weet ik veel.

Claudie lachte zich rot. Waarom eigenlijk?

'Ach schat,' hiklachte ze, 'ik heb hele balen in de kelder staan. Ga maar mee.'

In de kelder voelde hij de hele wereld door zich heen gaan, sterren, een stuk of zeven manen, anderhalf pond perziken en een gesmolten chocoladereep. Hij vergat alles om zich heen. Hij wist alleen nog dat zij een varken was omdat zij David had doodgereden en dat hij varkensvlees nodig had voor de paella.

Leve de Chinezen

Zoals gewoonlijk werd de oude Blister heel vroeg wakker. De avond tevoren had de televisie stralend weer voorspeld, maar daar was voorlopig nog weinig van te merken. Van de nieuwe dag was nog slechts een vage, grijze streep zichtbaar langs de roe van de dikke, kameelharen gordijnen en de kilte van de vorige dag hing nog in de slaapkamer.

Hij voelde zich altijd heel oud en ziek als hij ontwaakte, alsof het hem nog maar net gelukt was gedurende de nacht in leven te blijven. De pijn in zijn botten, vooral in zijn lendenen, had ongeveer het effect van een wekker. Tegen de ochtend scheen de pijn altijd zo hevig te worden dat die als het ware luid begon te rinkelen.

Het was nu al jaren zo dat hij zich pas tegen de middag weer wat fitter begon te voelen en in staat was tot een kleine wandeling.

'Jacinte, ik voel me niet zo best vandaag,' zei hij zachtjes tegen het lege kussen, waarop het hoofd van zijn vrouw achtenveertig jaar lang had gerust. Het was nu alweer ruim twee jaar geleden dat ze op deze zelfde plek zacht en kalm in haar slaap was overleden. De ochtend na die droevige nacht had ze voor het eerst niet gereageerd op zijn gebruikelijke klacht en sindsdien was hij eraan gewend geraakt geen antwoord meer te krijgen. Per slot van rekening was Jacinte tijdens haar leven ook nooit erg spraakzaam geweest en gaf God ook nooit antwoord als je tegen hem praatte.

De streep aan het plafond was al iets lichter geworden toen het tot hem begon door te dringen dat zijn middagwandeling hem vandaag niet gegund zou zijn. Rose had afgesproken dat de broeders die hem naar het bejaardentehuis moesten brengen rond elf uur met hun wagen zouden voorrijden en hij wist in de verste verte niet hoe alles daar ging.

Hij kwam steunend overeind en keek bij het schaarse licht rond in de bijna lege kamer, waar behalve het smalle tweepersoonsbed alleen nog een stoel stond met zijn kleren eroverheen en een kartonnen doos met rommel die straks zou worden meegenomen door de vuilophaaldienst.

Blister stak zijn magere benen buiten het bed – van slapen kwam toch niets meer – en voelde in plaats van het zachte slaapkamerkleedje dat hij gewend was, de splinterige ruwheid van de planken vloer. Hij prevelde een vloek en bleef een tijdlang met het hoofd in de handen op de rand van zijn bed zitten. 'Dat noemen ze nou democratie, Jacinte, democratie,' zei hij hardop en spuwde op de grond. 'Ja, ik weet wel dat het niet netjes is, maar er ligt toch geen zeil meer, kind. Zou jij dan niet kwaad zijn als je hier weg moest?'

Een jaar tevoren had de senaat de Wet op de Bejaarden na eindeloze strubbelingen toch aangenomen en door een van de felst omstreden artikelen werd bepaald dat hulpbehoevende bejaarden na keuring door een geriater konden worden verplicht te verhuizen naar een daartoe bestemd gebouw, waar ze algehele verzorging zouden genieten. En zo was Blister enkele maanden geleden voor het leven afgekeurd en veroordeeld tot levenslange verzorging door derden.

'Uw hart is niet zo best meer, meneer Blister,' had de geriater, een jongeman met een irriterend glad gezicht, gevoelloos vastgesteld, 'en uw benen vertonen alle verschijnselen van aderverkalking. Best mogelijk dat u over een half jaar niet meer kunt lopen.'

'Weet je, Jacinte,' mompelde de oude Blister. 'Ik heb me de laatste dagen almaar lopen afvragen of je wel mee wilt naar dat tehuis. Tenslotte kan die vlerk met dat gladde smoelwerk jou niks maken. Jij bent niet gekeurd. En je hebt zelf de kamer kunnen zien die we daar krijgen, net een aangeklede wc.

22

met al dat blinkende wit. Helemaal jouw smaak niet.'

Nu pas werd hij zich er van bewust dat hij al sinds geruime tijd in de verte een dof gerommel had gehoord. Het scheen steeds dichterbij te komen en klonk als een onafgebroken reeks zware ontploffingen.

'Hoor dat eens even. Zeker weer een manoeuvre aan de gang in verband met die Chinese dreiging, waar je de laatste tijd zo dikwijls over hoort praten.'

Op dat ogenblik werd de lucht, naar het scheen vlak boven zijn hoofd, aan stukken gescheurd door een groot aantal straaljagers die met oorverdovend geraas laag over de huizen scheerden. In het huis ernaast hoorde hij een deur opengaan en de schelle stem van buurvrouw Kate die iets riep, vermoedelijk naar de mensen aan de overkant. Het werd een algemeen vervroegd ontwaken. Honden blaften, ramen werden opengeschoven, radio's en televisies begonnen stemmen uit te braken die luid en paniekerig klonken en nog geen vijf minuten later was het in de tuinen aan de achterkant een en al leven. Het felle geluid van een krijsend kind schoot als een steekvlam uit het geroezemoes omhoog en leek een even later volgende zware ontploffing in te luiden.

'Even kijken wat er aan de hand is, Jacinte.' Blister grabbelde onder het bed naar zijn pantoffels, gleed erin met zijn blauwgeaderde voeten en stommelde naar de gordijnen die hij een eindje opzijschoof. Het zachtgrijze waas van de vroege zomerochtend gaf aan de oude, hoge huizen aan de overkant iets onwerkelijks. De wollige lucht boven de daken lichtte telkens op en op alle balkons en voor alle ramen vertoonden zich witte, bange gezichten die bij elke lichtflits scherpe contouren kregen.

'Zeg, er moet iets mis zijn,' zei Blister, 'dat kan niet anders. Zonde nou dat ze de televisie al hebben weggehaald, en de radio. Nou weten we niet eens wat er aan de hand is, misschien wel oorlog . . . Ja ja, ik ga me al verkleden.'

In zichzelf prevelend begon hij aan het karwei van elke ochtend, wassen, scheren en aankleden, bezigheden die hem altijd zo vermoeiden dat hij even moest uitrusten voordat hij koffie ging zetten.

Blister bleef een poosje op een van de twee overgebleven keukenstoelen zitten en krabde zijn pijp schoon met een oud zakmes. In de tuinen waren de mensen nog steeds met elkaar aan het praten. Zo nu en dan ving hij flarden van zinnen op, waarin telkens het woord oorlog terugkwam, en bij vlagen was ook de nerveuze stem van de nieuwslezer hoorbaar. Het doffe gerommel in de verte bleef aanhouden en soms deed het geluid hem denken aan de zware, wollen dekens die hij vroeger met Jacinte uitklopte.

'Het is vast oorlog. Ik durf met je wedden dat het oorlog is. Wat? Nou, ik mag toch zeker wel lachen.'

Blister zette een geheimzinnig gezicht, draaide de kraan open en liet water in de ketel lopen. 'Eerst koffie, dan zal ik je vertellen waarom ik lach.' Om Jacinte te plagen deed hij alles nog langzamer dan anders en pas toen hij de dampende kop voor zich op de ruwhouten tafel had staan en de eerste slok had genomen, wendde hij zich naar het bed dat door de keukendeur nog juist te zien was.

'Kijk, Jacinte, het zit zo . . .'

Een luid gerammel aan de deur verhinderde hem echter uit te leggen hoe het precies zat.

'Hé, hé, waarom belt zo'n stuk ongeluk niet? Daar is een bel toch voor, wat jij?' Blister stond op en schuifelde door de gang die er zonder vloerbedekking kaal en stoffig uitzag, naar de voordeur.

'Wat kom jij zo vroeg doen, Rose?' kraakte zijn oude stem verwonderd. Ze deed verschrikkelijk nerveus en het leek wel of ze met haar kleren aan had geslapen, zo verfomfaaid zag ze eruit. Haar haar dat ze nog niet netjes had gekamd, kroesde wild rond haar witte, glimmende gezicht. 'De bel gaat niet,'

24

zei ze met een vreemd hikkend geluid.

'Nee, kapot zeker.'

'O papa!' Rose snikte het opeens uit met haar hoofd op zijn schouder. 'Papa, het is oorlog! De Chinezen . . . Het is verschrikkelijk. Bij ons om de hoek staan er huizen in brand. En Janek . . . Janek is weg, opgeroepen. Het kwam over de televisie. Hij . . . hij . . .'

Blister maakte zich voorzichtig van haar los en pakte zijn dochter bij de elleboog. 'Kom toch verder, kind, kom toch verder. Nee, ik heb nog niks gehoord. Kom net uit mijn bed. Wel wat gerommel in de verte. Dacht dat het weer van die manoeuvres waren.'

In de keuken plofte ze neer op een van de stoelen die kraakte onder haar gewicht. 'Heb je dan die ontploffingen niet gehoord, die vliegtuigen, die vreselijke knallen? Oooo, o Janek . . . Janek!' Ze liet haar warrige hoofd met een bons op tafel vallen en begon met luide uithalen te huilen.

Hij legde zijn bruingevlekte hand op haar brede rug en keek met een droef glimlachje op haar neer. Arme, uitgebloeide Rose. Blister kon het zich bijna niet voorstellen dat die dikke, vreemde vrouw dezelfde was als het meisje dat hij eens, broos en tenger in haar eerste balletpakje, de kamer had zien binnentrippelen.

'Alles komt wel weer in orde, Rose,' zei hij zacht, maar voelde de tranen in zijn keel lopen, omdat Rose nooit meer klein en tenger zou zijn.

'Alles in orde? Je weet niet wat je zegt, papa.' Haar vierkante rug die zonder enige welving overging in de hardheid van haar heupen, schokte van het snikken. 'Die Chinezen, bij miljoenen vallen ze uit de lucht, net wolken spr . . . sprinkhanen.' Ze trok een grote zakdoek uit de hals van haar vormloze, gebloemde jurk en begon er haar vlekkerige gezicht mee af te boenen.

'Het is maar goed dat u naar dat tehuis gaat. Nu kun je hele-

25

maal niet alleen blijven hier. De broeders zouden om elf uur komen, is het niet?'

'Ja, om elf uur,' beaamde hij. 'Ik hoop maar dat het doorgaat nu met die oorlog.'

Rose stond op en slaakte een diepe zucht. 'Ik zal ze nog eens bellen, papa. O . . .' Ze sloeg haar hand voor haar ogen en begon weer te huilen.

Blister vond het gevoelloos van zichzelf dat hij zwijgend naar haar bleef kijken en geen woord van troost kon vinden. Haar mond, vertrokken tot een scheve grimas, wekte alleen maar zijn weerzin.

'Ga nou maar naar huis, Rose. Ik red het hier wel. Je kinderen . . .'

Hij duwde haar zachtjes de keuken uit en ze liet zich gewillig naar de voordeur leiden. Zichzelf vermannend kuste hij haar op de betraande wang en bleef aan de deur staan zwaaien tot ze schommelend rond de hoek van de straat verdween.

'Dat was nou onze Rose, Jacinte, kun je je dat voorstellen?' prevelde hij toen hij het bed passeerde om weer naar de keuken te gaan. 'Maar ze komen niet om elf uur, vast niet. Dat had ik je daarstraks willen uitleggen toen Rose kwam. We blijven fijn hier, wat jij?'

Hij scharrelde het huis door om de overgebleven inventaris te inspecteren. 'Veel is het niet, maar we kunnen het ermee doen.' Blister rekende het haar voor op zijn vingers. 'Een bed, een keukentafel om aan te eten, drie gewone stoelen, een leunstoel, mes, vork en lepel, net genoeg kopjes en borden . . . Als je maar niets uit je handen laat vallen, Blister. Alleen jammer dat we geen televisie meer hebben. Anders hadden we gezellig naar de oorlog kunnen kijken samen. Nou moet ik er de deur voor uit. Vind je toch niet erg, hè?'

Hij wreef zich in de schonkige handen. 'Ik voel me best, beter dan ik in maanden gedaan heb. Ik ga even hoor. Ik zal niet zo lang wegblijven.'

26

Bij de voordeur keek hij met pretoogjes naar de groepjes mensen die zachtjes met elkaar stonden te praten. Ze keken elkaar niet aan, maar staarden met strakke ogen naar het eind van de straat, waar het vlakke, verschroeide land begon. Een enkeling zag hem staan en knikte hem automatisch toe. 'Dag opa.'

Met beverige vingers begon hij een pijp te stoppen. De wereld zag er prachtig uit en het begon al warm te worden. Er lag een gouden waas over de dingen, waarin alle geluiden mild klonken, en het was of de witte en roze huizen aan de overkant zojuist met brandslangen waren schoongespoeld.

Blister daalde de drie treden van de stoep behoedzaam af, waarbij hij telkens zijn ene voet bijtrok en dan met zijn wandelstok steun zocht op de volgende tree.

Voetje voor voetje schuifelde hij langs de groepjes mensen in de richting van de hoofdweg. Enkele vrouwen riepen hem toe: 'Opa, heb je het al gehoord?'

Hij trok zijn gezicht in een ernstige plooi en schudde zijn magere hoofd alsof hij wilde zeggen: het is toch wat, hè, om op mijn leeftijd nog een oorlog te moeten meemaken.

De hoofdweg was vol auto's die met kleine rukjes naar het oosten reden. De imperiaals fladderden van haastig bijeengepakte goederen en de inzittenden keken telkens achterom, waar onafgebroken felle lichtflitsen de horizon markeerden en zo af en toe vlammende voorwerpen in een boog op de aarde toeschoten.

Het was niet moeilijk de weg over te steken, want zelfs de snelheid van Blister's aarzelende voetstappen haalden de auto's nauwelijks. Hij wist precies waar hij heen wilde, naar het kanaal dat vroeger gebruikt werd voor irrigatie van het uitgedroogde land. Er stond al jaren geen water meer in en hij was ervan overtuigd dat de Chinezen zouden optrekken via de droge, betonnen bodem, naast de verstopte hoofdweg de enige verbinding in de hele omtrek.

27

Blister plooide zijn lippen tot een slim glimlachje toen hij zich een half uur later voorzichtig neerliet aan de oever van het kanaal en een nieuwe pijp begon te stoppen.

Na enige tijd werd zijn geduld beloond. Ergens begon een mitrailleur te knetteren en in de verte, boven de bedding van het droge kanaal, vormde zich een ijle rook, soms doorschoten van rode flitsen. Hij begon toch wel wat vlugger adem te halen toen het schieten uitgroeide tot een vol orkest. Bominslagen deden de grond onder hem sidderen en de lucht was vervuld van gierende geluiden. Op nog geen vijftig meter afstand verduisterden gore fonteinen van zand, brokken aarde en stenen het zonlicht.

Plotseling kwam uit een wolk van stof en rook een jeep met landgenoten de betonnen bedding afstuiven, waarschijnlijk wanhopig op zoek naar een nieuwe verdedigingslinie. Daarna raasden er steeds meer wagens van allerlei grootte de weg af, bemand met besmeurde, vermoeide militairen wier angstige ogen de hellingen aan beide zijden afzochten. Ook kwamen er enkele tanks op topsnelheid voorbijgerold die Blister's pijp tussen zijn valse gebit deden rammelen.

Er volgde een leemte van een minuut of tien gedurende welke de rook langzaam optrok en de zon weer helderder begon te schijnen. Zo kon Blister het vreemde, platte voertuig al van verre zien aankomen, net of er een landingsboot over het beton kwam aanvaren.

Geen tien meter van de plaats waar Blister zat remde het voertuig af en sprongen de Chinezen eruit. De eerste minuut zagen ze hem niet en kon hij hen op zijn gemak observeren. Het waren kleine mannetjes met platte gezichten die, zonder een woord te zeggen, efficiënt deden wat hun te doen stond. De chauffeur zette zijn vehikel in een terugstulping van de oever die enige beschutting bood, terwijl de anderen aan beide zijden dekking zochten. De langste, waarschijnlijk een officier, begon met zijn kijker in de hand de helling te beklimmen en kreeg opeens de oude man in de gaten.

Blister krabbelde moeizaam overeind, maar voordat hij zo ver was stonden de officier en nog twee anderen al bij hem. Ze begonnen vreemde klanken uit te stoten en onbegrijpelijke gebaren te maken met hun smalle, gele handen.

Hij knikte hen glimlachend toe en begon ze alle drie de hand te drukken. 'Chinezen goed,' zei hij, 'Chinezen heel goed. Bravo!'

Ze begonnen ook te lachen en kwamen allen weer zijn hand schudden. De officier gespte een van zijn zijtassen open, grabbelde er een grauw pakje sigaretten uit en bood hem er een aan.

Nee, schudde Blister, wees op zijn pijp en glimlachte weer.

Opnieuw begonnen ze te gebaren, in de lucht te wijzen 'boem boem' en een van hen liet zich zelfs in het gras vallen, waarbij hij met zijn hand de beweging nabootste van een vliegtuig dat vlak over zijn helm scheerde.

Ja ja, Blister begreep het wel, wees op zichzelf en dan in de richting van zijn woning. 'Chinezen goed, goodbye,' zei hij en aanvaardde de terugtocht nadat er nogmaals handen waren geschud.

Ruim een half uur later was hij weer terug in de bebouwde kom. Er patrouilleerden pantserwagens met Chinese militairen door de straten en overal werden de mensen de huizen ingejaagd. Ze schreeuwden ook hem met luide keelklanken bevelen toe en hij knikte glimlachend en stak zijn stok omhoog bij wijze van groet.

Toen hij eindelijk weer thuis was, kroop hij zonder zich uit te kleden met bevende ledematen in zijn bed, doodop van de forse wandeling. Met een glimlach rond zijn lippen sliep hij spoedig in.

'Hoe vind je het nou, Jacinte, dat we nog in ons eigen huisje wonen? Dat hebben we toch maar aan de Chinezen te danken, waar of niet? Zeg, weet je waar ik mijn kam gelaten heb?' zei hij de volgende ochtend. 'O ja, op de vensterbank.' Hij pakte de kam en probeerde wat fatsoen te brengen in zijn spaarzame haren. 'Ik geloof dat ik de laatste jaren niet meer zo gelachen heb als gisteren,' mompelde hij tegen de spiegel die zijn gezicht telkens op een andere wijze misvormde als hij zich bewoog. 'Aardige jongens, heel aardige jongens.' En dan iets luider: 'Ze boden me zelfs een sigaret aan.'

Voor Blister viel het leven onder de Chinese bezetting wel mee. Hij had zo weinig behoeften: koffie, een beetje tabak, drie sneetjes brood en een flinke kop soep, daar kon hij gemakkelijk een dag op leven.

Toen de mensen weer op straat mochten, hadden ze de supermarkten bestormd en zelfs geen korreltje rijst overgelaten voor de muizen. Nu bleek dikke Rose wel een uitkomst. Met haar krachtige ellebogen had ze in ribbekasten van keurige heren gepord, dames opzij geduwd, gebaren gemaakt van 'kom, kom' tegen winkeljuffrouwen die zeiden dat ze niets meer hadden. En Blister moest toegeven, ze was erin geslaagd een enorme voorraad mee naar huis te slepen en liet hem gul daarin delen: tabak wel voor een maand en koffie dito.

'Papa,' zei ze op de derde dag van de bezetting, 'ik heb toen die broeders nog opgebeld, weet je wel? Die broeders die u zouden komen ophalen. Nou, ze zeiden tegen me: voorlopig geen sprake van. En uw spulletjes konden ze ook niet terugbrengen. Hun wagens waren door de Chinezen gevorderd, zeiden ze. Hoor je me, papa?'

'Ja, jazeker, Rose,' haastte Blister zich te zeggen. 'Ik vind het erg, heel erg, Rose. Wat heb ik hier tenslotte?' Hij rekende het haar voor op zijn vingers: 'Alleen maar een bed, drie gammele stoelen en een leunstoel waar ik niet graag op zit. Als je dat vergelijkt met die prachtig witgelakte kamer die ik daar zou krijgen . . .'

'Alles komt wel weer in orde, papa,' trachtte Rose hem te

troosten. 'Janek is toch immers ook teruggekomen. En nog wel zonder dat hij een schot heeft hoeven lossen. Alles wordt wel weer normaal.'

'Papa,' zei Rose op de tiende dag van de bezetting, 'ik heb een grote verrassing voor u, maar ik zeg niet wat het is. Morgen kom je het pas te weten, in de loop van de ochtend, denk ik.' Toen ze weg was begon Blister op zichzelf te mopperen. Als hij had aangedrongen, zou Rose. wel gezegd hebben wat die verrassing inhield. Wat zou het kunnen wezen? Eens kijken. Morgen was het zeventien september, toch niet hun trouw-dag? Nee, gelukkig niet. Als dat zo was, had ze hem natuur-lijk te eten gevraagd, net als alle jaren. Vreselijk vond hij dat. Een maaltijd van minstens zeven, acht gangen die ze hem dan één voor één zat op te dringen tot hij ziek van tafel opstond. 'Jacinte!' riep hij plotselig in paniek. 'Ze zal me toch niet weer dat opkamertje van haar aanbieden? Ze zal toch niet willen dat ik bij haar en die slappe Janek in huis kom? Ik moet er niet aan denken, Jacinte. Je weet dat ik toen gezegd heb dat ik het fijn zou vinden, maar toen kwamen ze met dat bejaar-dentehuis . . .'
Hij begon rusteloos door het huis te schuifelen, legde dan hier, dan daar een leeggerookte pijp neer. 'Ochotochotochot, Jacin-te, gezegend ben je met zo'n dochter.'
Die avond rookte hij veel te veel pijpen en bij het naar bed gaan voelde Blister zich beroerder dan hij in maanden ge-weest was. Hij lag maar te woelen in zijn bed en hield Jacinte urenlang uit haar slaap door telkens maar weer te zeuren over die verrassing. 'Jacinte, wat zou het zijn? Jacinte, wat denk jij er nou van?' En tenslotte: 'Jacinte, zeg nou goddome toch eens iets!'
Ruim twee jaar had hij zich als een lam tegenover zijn vrouw gedragen, nooit was hij kwaad geworden omdat ze geen ant-woord gaf. En nu opeens . . . Blister schaamde zich diep, keer-

31

de zich op zijn andere zij en begon zachtjes en met piepende geluidjes te huilen tot hij insliep . . .

De volgende ochtend werd hij wakker met een nare smaak in zijn mond en zijn lendenen deden hem nog veel meer pijn dan anders. Blister was opstandig. 'Je denkt toch niet dat ik me laat dwingen, Jacinte? Op mijn leeftijd? Ze kan zeggen: die opkamer, en dan zeg ik: nee, die opkamer. Gelukkig leven we sinds die Chinezen weer in een vrij land, waar ouwetjes zoals wij weer zelf mogen beslissen wat ze willen, o zo!'

Hij ging op de rand van zijn bed zitten en schuifelde met zijn blote voeten over de ruwe planken, een veel fijner gevoel dan het slaapkamerkleedje van vroeger.

Om tien uur zat hij gewassen, geschoren en aangekleed op zijn leunstoel die heerlijk zat, de eerste pijpen gerookt en al drie koppen koffie in zijn kraag. De pijn was geleidelijk weggeebd. 'Zeggen ze nog dat ouwe mensen niet voor zichzelf kunnen zorgen.'

Eindelijk weerklonk het luide gerinkel van de bel die Janek enige dagen tevoren had gerepareerd. Blisters handen begonnen te beven.

'Zo, daar zijn we dan,' zei Rose voldaan en gevolgd door twee lange mannen in keurige, grijze uniformen beende ze langs hem heen de gang in. 'Daar zijn de broeders. Wat zeg je daarvan, ouwetje?'

Blister keek even schichtig naar de auto voor de deur en volgde hen toen niet begrijpend naar de keuken. 'Wat bedoel je, Rose?'

Ze lachte geheimzinnig en wierp de beide mannen die als standbeelden aan weerszijden van de keukentafel stonden een olijke blik toe.

'Die Chinezen zijn zo kwaad nog niet, papa. Ze hebben bepaald dat ze onze wetten onverkort – een raar woord als je het mij vraagt – ik zeg onverkort zullen handhaven. Waarmee ze maar willen zeggen: alles wordt weer normaal en jij, papa, mag fijn naar het tehuis. De broeders hebben zelfs hun wagens teruggekregen, wel een beetje afgebladderd, maar nou ja.'

'Fijn, Rose,' prevelde Blister met bevende lippen, 'dat vind ik heel fijn. En . . . wat hier staat? Nemen ze dat nou gelijk mee naar het tehuis? Het bed, die leunstoel en . . .'

'Welnee, papa, alles gloednieuw, al die ouwe troep kun je hier achterlaten. Die leunstoel trouwens, daar zat je niet eens gemakkelijk in met je ouwe botten.'

'Ik . . . ik . . .' Hij wierp een timide blik op de twee mannen die roerloos stonden te wachten en nog geen woord hadden gezegd. 'Ik . . . Ik wou nog graag even rondlopen om te kijken, mijn pijpen en . . .'

'Natuurlijk, papa, kijk jij maar even op je gemak rond, hoor.'

Hij schuifelde met bevende benen door de bijna lege kamers en zag alles door een waas van tranen die hij telkens trachtte terug te dringen. Het bed waarop hij vijftig jaar lang had geslapen, waarvan achtenveertig jaar met Jacinte, maakte vreemde kronkels.

'Jacinte,' fluisterde hij nauwelijks hoorbaar en bijna zonder zijn lippen te bewegen. 'Jacinte, ga je mee, kind?'

Voor het eerst sinds haar dood scheen Jacinte antwoord te geven. Hij zag de dekens aan haar kant bewegen, alsof ze met haar rug naar hem toe ging liggen, en hoorde haar zachtjes zeggen: 'Het spijt me echt voor je, Blister, maar ik blijf liever hier. Ik zou toch zeker doodgaan in dat tehuis . . .'

Blister keerde zich om en liet zich gewillig meevoeren naar de gereedstaande auto. Het was alsof hij in zijn eigen doodkist stapte.

Landing

De Eagle xiii dook in de dikke wolkenlaag die bijna de gehele oppervlakte van de planeet Venus bedekte.

Na enige tijd werd de oppervlakte vaag zichtbaar, niet helemaal vlak, maar zonder de talloze kraters die ze op andere planeten hadden aangetroffen. Wel vertoonde de korst myriaden scheuren en barsten, barstjes en scheurtjes die deden denken aan het craquelé in de verflaag van oude schilderijen.

'Kijk eens naar links,' zei Dick Hainsfeather. 'Daar moeten we in elk geval zo ver mogelijk vandaan zien te blijven.'

Ginger, de kleuren in zich verenigd van een roodbonte koe – rood haar en een melkachtig witte huid – keek in de aangeduide richting en knikte, toen hij de loodrechte wand zag die zich naar boven in de nevel verloor. Hij manoeuvreerde de Eagle xiii langzaam de andere kant uit, waar het landschap betrekkelijk vlak was.

Er kwamen twee lage heuvels in zicht die hem deden terugdenken aan de golvende Sahara waar ze enkele maanden lang met een man of tien hadden getraind. De kleur ervan was ook woestijnachtig, van een licht okerachtig roze, alsof de zandkleurige bodem werd beschenen door een vroege ochtendzon. 'Ik geloof dat we niet verder moeten zoeken,' zei hij. 'Deze plek lijkt me uitstekend. Wie weet wat we tegenkomen als we over die heuvels heen vliegen, misschien wel een stad vol Venusgriezels.'

Dick Hainsfeather controleerde met een snelle blik de instrumenten. Alles zag er geruststellend uit. Hij glimlachte. 'De planeet van de Mosquito's,' zei hij, 'dat boek heb ik zeker wel zesmaal gelezen toen ik jong was. Speelde op Venus. Steden vol schrikwekkende, mugachtige wezens van zeker wel twee meter hoog. Maakte toen een enorme indruk op me.' Hij regelde iets aan de brandstoftoevoer.

Langzaam, tergend langzaam kwam de oppervlakte van Venus naderbij. Het was of ze door een verrekijker keken die door een reuzenhand steeds iets scherper werd ingesteld. De barsten en scheuren werden kloven en de haarscheurtjes barsten, met elkaar een bijzonder ingewikkeld patroon vormend, een soort onbegrensd spinneweb.

Geen moment raakten ze in paniek, wetend dat de nu nog uiterst kleine, vlakke gedeelten steeds groter zouden worden en misschien wel een oppervlakte zouden bereiken van enkele mijlen in het vierkant.

De loodrechte wand en de heuvels waren nu uit het gezicht verdwenen, teruggeweken naar de verre, nevelige horizon.

'Houston laat ons gelukkig een poosje met rust,' zei Dick. 'Ik ben er niks happig op als ze beginnen te ouwehoeren, terwijl je met een landing bezig bent.'

'Rechts van dat kleine, roodachtige heuveltje,' zei Ginger gespannen en stuurde iets bij. 'Het lijkt wel een enorme muggebult. Dat plekje ernaast lijkt me bijzonder vlak. Zullen we maar?'

Na enkele minuten hingen ze er vlak boven. Nog vijftig voet, nog veertig, dertig, tien, vijf . . .

Weer drong een zacht gezoem vaag tot haar door. Helemaal wakker was ze niet, maar haar hand was nu onwaarschijnlijk snel. Ze had het venijnige prikje bijna nog niet gevoeld of haar hand kwam al met kracht op de juiste plaats neer, midden tussen haar prachtig gevormde borsten die als twee lage heuvels uit het glooiende landschap van haar lichaam omhoogstaken.

Op het okerachtige roze van haar huid tekende zich een klein, rood bloedvlekje af, waaraan iets zilverachtigs kleefde, kleine fragmentjes die uit de verte gezien wel iets op insektevleu-

gels leken, en op kromme insektepootjes die nog even nahui-
verden.
Venus draaide zich wrevelig op haar zij. 'Rotmuggen,' mompelde ze. Toen sliep ze weer in.

Het gif van het verleden

Sinds vanmorgen ziet de zee eruit als een onafzienbare, met grijsgroen gemarmerd linoleum gestoffeerde vlakte. Er staat slechts een lange, nauwelijks voelbare deining en ik ben voor het eerst in staat om te schrijven.

Ik zit in mijn hut aan het neerklapbare schrijfblad dat tevens als toilettafel dienst doet. 'Herbert Foster' schrijft mijn pen, en terwijl ik dit schrijf zie ik hem voor me zoals ik hem voor het eerst ontmoette: een forse, nogal verlegen jongeman met baseballschoenen aan. Ik had die ochtend voortdurend naar die schoenen gekeken, omdat mijn verlegenheid misschien nog groter was geweest dan de zijne en zijn prettige grijze ogen me in verwarring brachten.

Mijn droom duurde maar kort, amper drie maanden. Toen trouwde hij, nu ruim twaalf jaar geleden, met Linda, een van zijn achternichtjes. Waarom heb ik nooit begrepen. Ze was zijn vrouwelijke evenbeeld, en had net als hij een echt Foster-gezicht, wat grof maar beslist niet onaantrekkelijk. Toch kan Linda onmogelijk blij zijn geweest met die gelijkenis, want voor breedgeschouderde vrouwen met een forse, vierkante kin zijn nu eenmaal geen schoonheidsprijzen weggelegd.

Linda was actrice geweest voordat ze met Herbert trouwde en meestal kreeg ze rollen toebedeeld die bij haar uiterlijk pasten, de heerszuchtige man-vrouw des huizes of het mannetje van het excentrieke lesbische paar. Ik heb haar een enkele keer zien spelen en het was afschuwelijk.

Goed, ze trouwde en ik ging zo af en toe op bezoek om mezelf te pijnigen. Tot ze vrij plotseling en zonder iemand bericht te sturen verhuisden naar de westkust en er duizenden mijlen woestijn tussen hen en mij kwamen te liggen.

Acht jaar na hun verhuizing kwam ik op het onzalige idee hen eens op te zoeken in hun negorij Budsville.

Mijn briefje waarin ik mijn bezoek aankondigde, werd echter door Herbert met een koele typeletter beantwoord. Hij schreef dat ik niet kon komen, omdat Linda op dat moment een trip aan het maken was door Europa en niet voor oktober naar huis zou terugkeren.

Wekenlang liep ik te piekeren over het koele briefje, voordat ik besloot mijn plan toch door te zetten.

Als ik een paar dagen met hem samen kon zijn – zo was mijn gedachtengang van eenzame jongejuffrouw – wie weet wat er dan allemaal gebeuren kon. Ik had de frisheid van mijn jeugd nu wel verloren maar mijn zachte, wat sentimentele verschijning moest toch wel zeer gunstig afsteken tegen de geforceerde mannelijkheid van Linda. En al hadden de kaarten voor hun trouwdag dan ook precies eender op tafel gelegen, Herbert had nu een twaalfjarig, waarschijnlijk liefdeloos huwelijk achter de rug . . .

In Lakecity, ongeveer driehonderd mijl voor Budsville, stuurde ik Herbert pas een telegram, waarin ik meldde dat ik toch zou komen en hoe laat ik ongeveer zou arriveren.

De smalle, slecht onderhouden weg erheen leidde door een woest, troosteloos gebied met kale, gele zandheuvels, dat geleidelijk bergachtiger werd. Er was hoegenaamd geen verkeer.

Bij een splitsing, nog maar een kleine vijftig mijl van het doel verwijderd, remde ik plotseling af. Ik had rechts willen aanhouden, maar een bord waarschuwde mij dat deze weg over enkele mijlen gevaarlijk zou worden voor automobilisten. Een ander bord wees me dat ik voor Budsville links moest aanhouden.

Het bevreemdde me wel, omdat ik in Lakecity de kaart nog had bestudeerd en daaruit had opgemaakt dat ik voor Budsville de rechter weg moest nemen. Maar ik vertrouwde op de borden en nam de linker weg.

Het begin was vrij goed en al spoedig kon ik weer mijn gebruikelijke tachtig mijl per uur rijden. Maar plotseling zwenkte de weg zonder enige aankondiging scherp naar links. Ik verloor bijna de macht over mijn stuur en kon mijn wagentje nog net tot stilstand brengen aan de rand van een diep ravijn. Huiverend keek ik in de afgrond. Had ik niet tijdig geremd, dan was ik zeker over de kop geslagen en had ik enkele tientallen meters lager als een verfomfaaid stuk bloedend vlees tussen de resten van mijn wagen gelegen.

Ik stapte uit om wat op verhaal te komen en voelde dat mijn benen trilden. Het kostte me moeite de ene voet voor de andere te krijgen, maar ik zette door en liep de weg een eindje verder af. Honderd meter verder hield het wegdek plotseling op en werd het een paadje dat zich omhoog slingerde langs de rotsen.

Ik voelde me opeens ontstellend eenzaam en angstig. De zon was achter de bergen verdwenen en ik rilde.

Nergens in de omgeving was een levend wezen te bekennen, behalve een blauwig hagedisje dat vlak voor mijn voeten wegschoot en me ontzettend deed schrikken. Ik was de schrik nog niet te boven of achter me hoorde ik plotseling een schot vallen. Even daarna weer twee schoten, vlak achter elkaar, als uit een machinegeweer.

Ik rende in paniek naar mijn wagen, sprong erin, startte de motor en kwam tot de ontdekking dat een van mijn banden lek geschoten was. Het eerste ogenblik was ik volkomen verlamd en dorst ik niet uit te stappen. Met starre ogen staarde ik naar de okerkleurige bergen, in de overtuiging dat het hoofd van mijn moordenaar ieder ogenblik achter een rotsblok vandaan zou kunnen opduiken.

Geleidelijk kwam ik echter tot het besef dat het dunne blik van mijn wagentje me niet zou kunnen redden als hij inderdaad kwam en nadat ik nerveus een sigaret had gerookt stapte ik uit.

Nooit heb ik met koortsachtiger haast een nieuw wiel aangezet. Zodra het eraan zat keerde ik de wagen en stoof terug naar de splitsing, waar tenminste eens in het uur wel een auto voorbijkwam. Daar stopte ik en raadpleegde opnieuw mijn kaart. Wat ik reeds vermoed had, bleek inderdaad zo te zijn. Om Budsville te bereiken had ik rechts moeten aanhouden. Iemand moest de borden met opzet hebben verwisseld om mij – of iemand anders? – te doen verongelukken. En toen zijn plan mislukte had hij een van mijn banden lek geschoten. Zou de moordenaar me voor een ander hebben aangezien? Het kon bijna niet anders, want behalve Herbert kende ik niemand in het hele westen.

Ruim een half uur later reed ik nog helemaal ontdaan de enige straat van Budsville binnen en telde de nummers van de huizen die ver uiteen lagen.

Ik stelde me voor dat Herbert in zijn tuin naar me stond uit te kijken en dat ik als een klein, bang kind in zijn sterke armen zou vliegen.

118 Budsville, een doods stenen huis waarvan alle luiken gesloten waren, lag eenzaam te midden van een verschroeid gazon. Ik was diep teleurgesteld. Er was geen sterveling te bekennen en de stilte was zo intens dat ik het hout van de raamlijsten hoorde kraken.

Het geluid van de bel die ik lang en hard deed rinkelen, scheen langs kale muren te ketsen en nergens de zachtheid te ontmoeten van gordijnen, bekleding, van kleren, van een menselijk wezen. Ik luisterde intens.

Eindelijk scheen er iets in de diepte van het huis tot leven te komen en hoorde ik schuifelende voetstappen naderen.

De voordeur zwaaide geruisloos open. Het eerste ogenblik zag ik niets en bleef ik voor de drempel staan, niet in staat me te bewegen of iets te zeggen.

'June?'

Pas toen ik zijn stem hoorde die vreemd en gesmoord klonk, zag ik hem afgetekend staan tegen de achtergrond van de schemerige hal.

'Kom binnen,' zei hij en wees op zijn met een dikke, grijze sjaal omwikkelde keel. 'Het spijt me dat ik ziek ben.'

'Herbert.' Het klonk als een droge snik. Ik was meteen al mijn eigen ellende vergeten bij de aanblik van de deerniswekkende figuur in wie ik nauwelijks de vroegere Herbert herkende.

'Een goede reis gehad, June?' Nadat hij de voordeur achter me had gesloten, ging hij me voor naar de woonkamer die er met zijn diffuse licht uitzag als een in de bergen uitgehouwen grot.

Ik begon zo langzamerhand iets meer van de omgeving te onderscheiden en zag nu dat hij een donkere bril droeg, waardoor ik niet kon zien of hij me aankeek en hoe hij me aankeek.

'Ja,' zei ik, 'ja, wel goed.' Mijn knieën trilden en ik liet me uitgeput in een van de leren clubfauteuils zinken.

'Een brandy?'

'Graag.'

Hij wees op zijn bril. 'Mijn ogen zijn ook niet in orde. Kan niet tegen licht. Vandaar...' Hij maakte een vaag gebaar naar de zachtgloeiende lichtbakken en liep vervolgens naar een wandmeubel om een fles en glazen te pakken.

'Is het ... is het ernstig? Ik bedoel: ben je erg ziek?'

'Och, wat is erg?' Hij haalde zijn schouders op en schonk twee glazen in. ' "Psychisch," zegt de dokter. "Onzin," zegt de psychiater.'

'Ik begrijp niet hoe Linda je in zo'n toestand heeft kunnen achterlaten.'

'Linda? Sinds die weg is voel ik me juist veel beter.' Hij liet een hoog, giechelend lachje horen dat me akelig in de oren klonk en ik begon me af te vragen of de dokter geen gelijk zou kunnen hebben. Het gesprek vlotte niet. Ik vroeg maar en vroeg maar en vroeg maar en op elke vraag kreeg ik een enkele zin als antwoord.

'Heb je het hier wel naar je zin in het Westen?'

'Gaat wel, gaat wel.'

'Waarom zijn jullie eigenlijk toen zo plotseling verhuisd, jij en Linda?'

Hij verslikte zich in zijn brandy en het duurde een hele tijd eer hij kon antwoorden. 'Ik was ... ik was hier al eens eerder geweest en ik kon hier aan goedkope grond komen.'

'Hoe is het met Linda?'

'Wel goed.' Weer dat akelige, giechelende geluid.

'Vind je het leuk dat ik gekomen ben of ...'

'Jazeker. Het spijt me van dat briefje, maar wat kon ik anders, June? Had ik moeten schrijven: kom direct hierheen, want Linda is er toch niet, Linda is naar Europa?'

'Nee.'

Mijn handen begonnen te zweten en ik droogde ze telkens af met mijn zakdoekje dat hoe langer hoe vochtiger werd. Ik had het gevoel of ik op een gegeven ogenblik op zou springen om die donkere bril van zijn neus te rukken en hem gillend tegen zijn schenen zou gaan schoppen als de avond nog langer duurde.

'Ik wilde graag naar bed, Herbert, als je het niet erg vindt,' zei ik tenslotte. 'Ik ben nogal moe van de reis.'

'Ik vrees dat ik geen erg prettig gezelschap voor je ben, June,' prevelde Herbert schor. Hij wees weer naar zijn keel. 'Misschien is het morgen wel wat beter. Kun je zelf je spullen uit de wagen halen?'

De volgende ochtend toen ik wakker werd besefte ik meteen waar ik was. In de kamer heerste een diepe duisternis en ik kon maar nauwelijks zien aan welke kant het raam zat. De avond tevoren was ik zo verlamd geweest dat ik zó in mijn

42

bed gerold was zonder de ramen en luiken te openen. Nu had ik zware hoofdpijn en als ik even mijn nek bewoog, was het of er een zware steen in mijn hoofd heen en weer rolde.

Ik stond op en herstelde onmiddellijk mijn verzuim. De frisse ochtendlucht deed me goed en ik bleef een hele tijd voor het open raam staan kijken naar de blauwe bergen in de verte, voordat ik me ging wassen en aankleden.

In het hele huis was het nog even schemerdonker als de vorige avond. Beneden gekomen liep ik alle kamers door en trof Herbert tenslotte in de keuken aan, zittend achter een lege koffiekop. Hij zag er nog net eender uit als de avond tevoren zodat het leek of hij niet naar bed was geweest.

'Goed geslapen, June?' mompelde hij. 'Een kop koffie?'

'Graag.'

We ontbeten zwijgend. Slechts een enkele keer viel er een zin tussen ons in die onmiddellijk scheen te worden opgeslorpt door de halve duisternis.

Ik waste alleen af en stuurde Herbert, die er zwakjes op aangedrongen had me te helpen, de keuken uit. Langer dan een half uur kon ik zijn zieke, lamlendige aanwezigheid niet verdragen en ik besloot onmiddellijk na de afwas even naar het dorp te rijden. Onderweg zou ik er dan over kunnen nadenken wat me te doen stond: nog een paar dagen blijven of er direct vandoor gaan. Niet alleen Herbert, maar ook het huis met zijn grafkelderachtige atmosfeer stond me vreselijk tegen.

Misschien was Linda die Europese trip wel gaan maken om die atmosfeer te ontvluchten.

Herbert stond met zijn rug naar me toe in de boekenkast te snuffelen toen ik binnenkwam.

'Wanneer komt Linda eigenlijk terug, Herbert?' vroeg ik.

Hij scheen te schrikken en liet het boek dat hij zojuist had gepakt uit zijn handen vallen. 'Over een paar weken,' gromde hij en bukte zich om het boek op te rapen.

Ik ging quasi ongedwongen op de punt van de tafel zitten en vroeg zo achteloos mogelijk: 'Je bent niet gelukkig met Linda, is het wel, Herbert?'

Hij scheen me strak aan te kijken en zei niets. De stilte werd huiveringwekkend toen ik zag dat hij het boek als het ware stond te wurgen.

'Je had hier niet moeten komen, June,' fluisterde hij. Het klonk sinister, alsof hij eraan had willen toevoegen: Want nu ben ik wel genoodzaakt je te vermoorden.

Ik voelde mijn hoofd ijskoud worden en moest opeens weer denken aan het gebeurde van de vorige dag. Iemand had mij willen laten verongelukken, me willen vermoorden. Iemand had mijn band lek geschoten ... Herbert?

'Ik ga even naar het dorp, Herbert,' zei ik luchtig.

'Naar het dorp?' zei hij verwonderd. 'Wat ga je daar in godsnaam doen?'

'O, ik heb even behoefte aan wat licht en frisse lucht.'

'Weinig te zien in dat rotdorp,' mompelde hij. 'Ik had me eigenlijk voorgesteld dat we samen gezellig de ochtend zouden doorbrengen.'

Het klonk volslagen belachelijk, maar toch ook een tikje aandoenlijk.

'Kunnen we toch doen, Herbert, kunnen we toch nog doen. Ik blijf echt niet lang weg. Kan ik misschien iets voor je meebrengen?'

'Kun je het niet uitstellen tot vanmiddag, June?' Zijn stem klonk smekend. 'Ik zal echt wat gezelliger proberen te zijn dan gisteravond. Ik heb zin om straks eens echt lekker te lunchen. Een flesje wijn erbij. Misschien maakt dat onze tongen wat los en kunnen we een beetje praten over vroeger, herinneringen ophalen aan de tijd dat we . . .'

Het was alsof hij zich geweld moest aandoen om zoveel zinnen achter elkaar te zeggen. Tenslotte kon hij niet verder en smoorden zijn laatste woorden in een afschuwelijke hoestbui die zijn

44

lichaam deed schokken.

'Uitstekend, Herbert. Ik zal wel wat klaarmaken. Waar haal ik de ingrediënten vandaan?'

Nog steeds hoestend gebaarde hij met zijn arm. 'Kijk maar . . . ijskast . . . en in . . . de kelder,' bracht hij er met moeite uit.

Ik ging direct aan de slag, gooide in de keuken ramen en blinden open en deed de glimworm uit die de keukenlamp moest voorstellen. Toen liet ik mijn blikken door het interieur glijden, over de spoelbakken, het blinkende fornuis, de koelkast. Alles zag er bijzonder schoon uit en het verbaasde me dat Herbert dit alles zo netjes had kunnen houden, zijn zieke ogen en de schamele verlichting in aanmerking genomen.

Ik deed hier en daar een kastje open en keek in alle laatjes. Alles keurig geordend en schoner dan in mijn flatkeukentje. In gedachten raapte ik een papiertje op dat in een van de laatjes lag. Het was een lijstje met wat boodschappen, margarine, rijst, macaroni, suiker, koffie, thee, bier. Het was niet Herbert's handschrift en het moest dus nog een lijstje zijn dat Linda had opgesteld. In gedachten verzonken legde ik het weer op zijn plaats. Waarom had Herbert, die alles zo akelig netjes hield, zo'n waardeloos vodje niet weggegooid . . .?

Ik kreeg plotseling een ingeving en keek een voor een de winkelbonnetjes na die ernaast lagen. Ik had al gauw een bonnetje gevonden, waarvan de bedragen klopten met de boodschappen van het lijstje. Vol ontzetting staarde ik naar de datum van het bonnetje: 27 augustus, nauwelijks vijf dagen geleden!

Ik trachtte mijn gedachten te ordenen. Dat betekende dus dat Linda hier vijf dagen geleden nog geweest was en niet al maanden in Europa zat zoals Herbert me had willen doen geloven.

Stel je voor dat Herbert Linda had vermoord, een dag, misschien enkele dagen voordat hij mijn telegram had ontvangen . . . En dat hij gisteren had trachten te verhinderen dat ik ooit bij hem zou aankomen . . .?

Ik kreeg het plotseling koud en sloot de ramen weer.

Nog maar net had ik dat gedaan of achter mij ging de deur open en meteen met een harde klap weer dicht.

Herbert bonsde op de dichte deur. 'Doe in godsnaam de luiken dicht!' gorgelde hij. 'Wil je me blind hebben?'

'Ja!' riep ik. 'Of nee! Eén ogenblik!'

'Schiet op!'

Ik sloop op mijn tenen naar de deur die op de gang uitkwam, deed hem open en geruisloos weer achter me dicht.

'Wat doe je nou?' hoorde ik hem zeggen, maar reageerde niet. Ik liep de hal door en keek naar de telefoon, maar besefte dat hij me zeker niet voldoende tijd zou laten om de politie te bellen. Snel liep ik op de voordeur toe. Maar hoe ik ook rukte en trok, hij bleef dicht. De schoft had hem afgesloten. In paniek rende ik de trap op naar de kamer waar ik geslapen had. Daar waren in elk geval de luiken open. Misschien kon ik me uit het raam laten zakken en naar mijn wagen rennen.

'June, June, waar ben je?' riep Herbert van beneden. Zijn stem klonk me nu luguber in de oren.

Toen ik mijn kamer binnenstrompelde en de luiken weer gesloten zag, had ik zekerheid. Herbert speelde een spelletje met me, maar ik kende zijn kaarten nog niet allemaal. Waarom hield hij het hele huis verdomme in het donker?

De kamer kon niet worden afgesloten. Er zat wel een slot in, maar er was geen sleutel. Tijd om de luiken te ontgrendelen had ik niet meer, want ik hoorde Herbert's voetstappen al op de trap.

Zonder te weten of ik er goed aan deed, ontstak ik geen licht. Iets langs en zwaars moest ik hebben. Ik ging op een stoel staan en trok in wanhoop aan de ouderwetse, bronzen gordijnroe die aan weerszijden twee zware bollen had.

Met een luid geraas kwam de roe omlaag, net op het ogen-

46

blik dat Herbert de deur opende.

'Wat ben jij aan het doen, idioot!'

De roe was een moeilijk hanteerbaar wapen, want al had ik de zware gordijnen naar een kant laten schuiven, het was een heel karwei ermee te manoeuvreren.

'Je bent een bijzonder dwaas meisje, June. Dat was je vroeger ook al.'

Ik hoorde iets klikken en meende te zien dat hij een kleine revolver in zijn hand had.

'En nu zal ik helaas een einde moeten maken aan je dwaze bestaantje. Heel stom van je dat je me toch kwam opzoeken, June.'

'Schoft!' siste ik tussen mijn tanden en probeerde zijn hoofd te raken met de bronzen knop.

Hij was natuurlijk in het voordeel door zijn revolver, maar het was stikdonker in de kamer en het zou hem niet meevallen mij met het eerste schot te raken.

'Zeg nog eens iets, liefje, dan kan ik beter richten,' spotte hij. In plaats daarvan deed ik geruisloos een paar stappen opzij. Maar hij hoorde het gerinkel van de gordijnringen en schoot.

De enorme knal in de hermetisch afgesloten kamer deed mijn oren suizen.

Hij liep de kamer verder binnen en stond nu aan de kant van de ramen. Omdat de blinden aan de zijkanten een uiterst vage, grijze streep licht doorlieten, kon ik zijn gestalte net onderscheiden. Plotseling sprong ik voorwaarts en liet de zware, bronzen knop met alle kracht die in mij was op zijn hoofd neerkomen.

In zijn val schoot hij nogmaals en ik voelde plotseling een schok die me ondersteboven deed tuimelen, en een stekende pijn in mijn dijbeen.

Hij lag op de grond en bewoog zich niet meer, maar uit angst dat het een list van hem was, krabbelde ik moeizaam over-

47

eind en sloeg nogmaals toe.

Nu had ik zekerheid. Ik legde de roe neer, sloop omzichtig naar hem toe en ontfutselde hem de revolver die hij nog steeds in zijn hand geklemd had.

Pas toen voelde ik me enigszins veilig. Het kostte me heel wat moeite met mijn linkerhand de ramen te openen en de luiken te ontgrendelen en ik slaakte een zucht van opluchting toen het daglicht tenslotte de kamer binnenstroomde.

Nog steeds met Herbert's revolver stevig in mijn rechterhand keek ik op zijn vreemd ineengekronkelde lichaam neer. Ik boog me over hem heen en vond dat hij er heel vreemd uitzag in het onbarmhartige licht, alsof er een laag schmink op zijn gezicht zat. Griezelend raakte ik met een van mijn vingers voorzichtig zijn wang aan en trok de donkere bril van zijn neus.

Het volgende ogenblik was ik al naar de badkamer gerend. Ik pakte haastig een washandje, hield het onder de kraan en snelde terug. Koortsachtig begon ik er Herbert's gezicht mee te bewerken en geleidelijk begon het steeds meer op dat van Linda te lijken.

'Linda!' schreeuwde ik uitzinnig. 'Linda! Wat heb je met Herbert gedaan, serpent!' Buiten mezelf van woede begon ik haar te schoppen en met mijn beide vuisten op haar gezicht te timmeren. Daar kwam ze tenslotte van bij. Ze ging overeind zitten, terwijl ik me terugtrok naar het andere eind van de kamer, de revolver weer in mijn hand.

Ze schudde dwaas met haar hoofd. Het was een belachelijk gezicht haar zo te zien zitten met een kostuum van Herbert aan en grote, grove herenschoenen aan haar voeten.

'Zeg op! Wat heb je met Herbert gedaan!' schreeuwde ik weer.

Ze rukte de dikke sjaal van haar hals en smeet hem weg.

'Vermoord,' mompelde ze. 'Ik kon hem niet uitstaan, de sukkel.'

48

'En die borden, zeker ook jouw werk, hè?' krijste ik.

'Schreeuw toch niet zo. Ik heb koppijn.'

'Kan me niet verdommen!'

Ze wilde opstaan.

'Blijf zitten of ik schiet een kogel door je kop,' zei ik nerveus.

'Vertel op. Wanneer heb je hem vermoord?'

'Hè? Wanneer? Kind, al voordat ik verhuisde. Een jaar of acht geleden al, denk ik. Arme Herbert, hij trok zulke rare gezichten toen hij zijn koffie uitgedronken had.'

'Schoft!' siste ik. 'Daar zul je voor boeten.'

'O, schiet maar gerust,' zei ze kalm. 'Het kan me toch allemaal niks meer schelen. Schiet maar.'

Ze stond op en begon langzaam op me toe te lopen. 'Een van de twee. Of ik wurg jou, óf jij schiet me neer.'

Toen ze nog maar vier passen van me af was, schoot ik. Het eerste ogenblik wist ik niet of ik haar geraakt had of niet. Ze stond opeens stil en keek me hogelijk verbaasd aan, met een overdreven mimiek, alsof ze weer op de planken stond en de verbaasde uitdrukking op haar gezicht tot achterin de zaal zichtbaar moest zijn.

Het volgende moment zag ik haar langzaam in elkaar zakken.

Ik smeet de revolver neer en rende de kamer uit om de politie te bellen.

Wat er daarna gebeurde is eigenlijk niet van belang, de politieverhoren, de rechtszaak, het vergeefse speuren naar Herbert's lijk, het is allemaal langs me heengegaan alsof ik er niets mee te maken had. Trouwens, is er nog wel iets dat er nog toe doet?

Toen alles achter de rug was (ik werd vrijgesproken) nam ik me voor de trip te gaan maken die Herbert zijn vrouw – of beter gezegd: Linda zichzelf – in haar verbeelding had toegedacht.

Straks komen we in Amsterdam aan. De zee is glad en kalm

als ik na de laatste zinnen mijn pen heb neergelegd en aan dek ga uit behoefte aan wat koelte voor mijn brandende ogen. 'Herbert,' prevel ik en het is of zijn grijze ogen me aanstaren waar ik ook kijk, vanuit de groengrijze zee, de grauwe lucht en de vage streep aan de horizon die de Hollandse kust moet zijn . . .

Ik denk de toekomst maar, dacht ik

Sinds ik de arm van mijn vriendin Emmy had losgelaten voelde ik me verloren. Maar ik vond het niet erg. Integendeel. Rond me heen was een groot geschuifel van voeten op lichtbemodderd plaveisel en stemmen riepen en zongen koortsachtige namen van meisjes, cafés en alcoholische dranken.
'Hi there, Bridget!' verstond ik en mijn lichaam begon week te worden onder invloed van toevallige ellebogen en zoekende handen die in de vochtige duisternis rondzwierven.
Uit een deuropening van berookt terra cotta walmde het geluid van een saxofoon en plotseling voortgedreven en bijna opgetild door een warme mensenstroom schoof ik naar binnen langs een zacht rinkelend gordijn, waarbij ik mijn neus bezeerde aan iets hards, een uniformknoop of een onderscheidingsteken. Ik kwam terecht te midden van glimmende, zingende gezichten en ruige lichamen die me om beurten tegenhielden, voortstuwden, mangelden.
Ergens in een hoek, met mijn billen tegen de rand van een kaal tafeltje, kon ik niet verder en toen ik opkeek, zag ik een mond met kalkwitte, scheefstaande tanden en een wolk van rossig haar boven een stompe, goedige neus.
Hij duwde me een glas met paarsig vocht in de hand.
'Cheers!'
'Cheers!'
Ik had vooruitstekende tanden en dacht dat niemand me lief kon vinden, maar voelde zijn grote hand al rond mijn middel en toen ik een voorzichtig slokje had genomen, likte hij mijn stroperige, zoete lippen.
'Brigitte? Ah, Bridget!'
'Frank! Good old Norfolk.' Een van de goden die mijn va-

der aanbad, maar niet met de stem van the Home and Forces Program.

De zoete rook van de Players number three die hij me had aangeboden, zakte loom naar mijn dijbenen en al spoedig vervaagde alles tot achtergrond, de muziek – nu een accordeon – de stemmen, de flessen en spiegels achter de bar, de zachtrode wanden, de schouders van kaki. Alleen zijn witte gezicht deinend en hossend rond het mijne, maan en aarde, aarde en zon. De paragraaf had ik pas geleerd, gisteren toen ik nog klein was en bang voor de bloemen op het behang. Ik wist niet waar ik heenging, maar hij stuurde me draaiend, draaiend naar een ruimte waar het koeler was en leger, waar langs me heen naar boven een groot, slobberig kostuum oprees dat de deur dichthield.

Een koele windvlaag, gedaanten die langs ons heen wrongen, en we stonden midden in de smalle straat, waar ik Emmy's arm had verloren. Er hing nog een geur van rokend hout en bietepap en rottend vuilnis. Hier en daar vlamden lucifers op en gingen grote pakken sigaretten over van de ene in de andere hand. Een groepje verpleegsters en burgerjongens met smalle, witte gezichten – een enkele soldaat ertussen – kwam hossend en zingend de straat in en slierde langs ons heen. Toen hun gezang bijna niet meer hoorbaar was, werd het overgenomen door een groep die van de andere kant naderde. 'Boys, we're free, you know, boys,' bazelde een lange, broodmagere man die probeerde op de stoeprand te blijven staan en er telkens afgleed.

We liepen zacht zingend de straat uit, zijn arm om me heen. When they sound the last all clear ... Hij kwam uit Norwich waar 'n grote kathedraal stond en hij had een moeder die meatpies bakte voor alle B.L.A.-jongens die langstrokken en een vader met een stijve arm uit de vorige oorlog en een zusje dat verliefd was op een Yank en hij bleef twee, drie dagen hier. Hij was bang voor de dood, zei hij toen we in een steegje tussen twee zwarte, natte huizen tegen elkaar aan geleund stonden.

Ik voelde zijn adem in mijn nek en keek naar de dunne wolken die hoog boven me over het eind van het steegje dreven en me het gevoel gaven dat we onder ze door zweefden.

'O Frank,' zei ik extatisch en het noemen van zijn naam leek me intiemer dan het strelen van zijn handen.

Hij zag over mijn schouder heen een dode Duitse soldaat in de struiken liggen bij het Albertkanaal. Iemand had zijn laarzen uitgetrokken en hij zag alleen zijn blote witte benen.

Frank's grote, koude handen schoven voorzichtig mijn kleren binnen en ik snakte naar adem toen hij ze rond mijn kleine schoolmeisjesborsten legde. Zo is het nu, dacht ik. Mijn ogen zakten dicht en ik bleef doodstil staan, maar mijn gedachten probeerden zich vrij te worstelen. De hoofdsteden van de Zuidamerikaanse landen, dacht ik ademloos, alle landen met de hoofdsteden. In het noorden beginnen. Venezuela met de hoofdstad Caracas, Columbia met de hoofdstad ... Bogota, Ecuador met de hoofdstad Quito ...

'Denk jij weleens aan doodgaan, Bridget?'

'Ja,' slikte ik en knipperde met mijn ogen, 'soms, van de zomer. De maan scheen in de tuin en een man aan de overkant speelde piano. Toen dacht ik aan de dood ... Dat heb ik nog nooit aan iemand verteld.'

Ik voelde dat hij glimlachte en drukte mijn voorhoofd hard tegen de knoop van zijn borstzak.

Het begon zachtjes te motregenen en de koele motregen tipte met fijne potloodpunten stipjes in mijn warme nek.

'Kom,' zei ik, 'we gaan nog wat wandelen,' en schoof zijn handen uit mijn witte bloesje vandaan. We liepen ongelijk, zodat zijn rechter- en mijn linkerdij elkaar voortdurend voelden. Ik maakte een huppelpasje, maar een poosje later merkte ik dat we weer zo liepen en ik vond het eigenlijk niet onprettig.

Er woei een bolle, vochtige wind die ik zo nu en dan door mijn mond liet spelen, net of ik spoelde bij de tandarts.

Ik begon me innig gelukkig te voelen en dwars door alle geluiden van de feestende stad heen zong ik met begeleiding van de ruisende boomtoppen het Nonnenkoor uit Casanova.

We liepen door de straat die, van het centrum van de stad gerekend, achter de onze ligt en waar mijn tante woont. Het was er donker. Ze was natuurlijk in de stad om feest te vieren. Als het maar enigszins kon, vierde ze feestjes, desnoods met rode-inktkleurige Ersatzlimonade en havermoutkoekjes en lucifer-dunne, van Belgische shag gedraaide sigaretten. Op die vooruitstekende tanden na leek ik op mijn tante en ik probeerde nog meer op haar te gaan lijken. Het witte bloesje dat ik droeg, het mooiste kledingstuk dat ik had, was van haar geweest.

'Waar gaan we heen?' vroeg Frank.

Ik sloot half mijn ogen en schudde lichtjes met mijn hoofd, alsof het een geheimpje was en mijn wangen gloeiden, omdat ik in staat was een grote, volwassen man als Frank overal heen te voeren waar ik wilde.

'Frank, vertel nog eens iets over jezelf,' fluisterde ik. 'Heb je een meisje . . . in Engeland?'

Hij werd een beetje somber. Nee, hij had geen meisje in Engeland. De Engelse meisjes waren er voor de Canadezen en de Noren en de Polen en de Yanks, net als zijn zusje.

'En in Frankrijk en in België?' vroeg ik verder.

Nee, alleen maar schieten en modder, mortieren, tanks, pantservuisten, eighty eight, aanvallen, optrekken, rijden door de eindeloze nacht in troopcarriers, telkens naar andere plaatsen. Ik was even stil, want ik had enkele maanden geleden stiekem 'Van het Westelijk Front geen nieuws' gelezen, geleend van een jongen uit mijn klas die het schuw in mijn tas had gestopt. Frank scheen iets van mijn gedachten te raden, want hij bleef staan, hield me op armlengte afstand, schudde zijn hoofd en mompelde: 'Zo'n meisje, nee.'

We liepen weer verder en in gedachten zag ik mijn vader met een kwaad gezicht aan de voordeur staan in zijn lange onderbroek die hij van de dokter moest dragen vanwege zijn spit. En achter hem mijn moeder met holle, verschrikte ogen. Zie je ze nog steeds niet aankomen, Henk? Zie je Brigitte nog niet? Is ze dat niet daar? Is ze dat niet daar met dat witte bloesje? Ik loodste Frank weer naar het centrum van de stad en dronk nog drie, vier glazen van de paarsige, stroperige likeur uit om moed te verzamelen voor de sprong in het duister.

Toen we weer buiten stonden, was het stiller geworden. De wolken dreven sneller over ons heen en de huizen helden gevaarlijk voorover. Voor ons uit wentelde een wit stuk papier als een levende acrobaat over de glimmende keien en hoewel ik zwaar tegen Frank aan leunde, was het of ik telkens mee over de kop ging.

'Frank, ik ben zo ziek,' kreunde ik tenslotte.

Hij liet me los en keek meewarig.

'Oh dear.'

Ik leunde tegen een blinde muur en veegde met de rug van mijn hand mijn vochtige voorhoofd af.

'Je vinger in je keel, net als op de Queensberry Club. Daar mocht je niet dronken zijn. Soms dronk ik wel twintig glazen bier en dan stak ik wel bijna mijn hele hand in mijn keel.'

'Wat is de Queensberry Club?' hijgde ik.

'Toe, doe het maar.'

Ik dacht aan de aarde die om zijn as wentelde en aan de aarde die weer een baan rond de zon beschreef en aan de zon die zich spiraalsgewijs door het heelal bewoog en toen voelde ik me nog zieker worden, maar overgeven kon ik niet, wilde ik niet.

Frank deed nog een poging me te genezen met zijn grote, verfrissende hand, maar toen dat niet hielp, begon hij diepe zuchten te slaken en op zijn horloge te kijken.

'Ik moet voor twaalf uur binnen zijn en ik weet niet waar ik ben,' zei hij hulpeloos.

Ik had er zelf ook maar een vage notie van, wist alleen in welke richting ik zou moeten lopen om thuis te komen.

'Ga maar, Frank, ga maar naar de stad terug. Daar is wel iemand die je de weg kan wijzen. Laat mij maar hier,' huilde ik meelijwekkend.

'Dat kan toch niet, Bridget, je hier alleen laten. Zelfs al was je niet ziek.'

'In een van die straten woont mijn granny. Alsjeblieft Frank, breng me daarheen. Ze heeft een groot, wit bed. Ik wil slapen, slapen . . .'

Ik tuimelde in het zachte, veren bed en als Frank me niet had vastgehouden, zou de stoep met een vaart tegen mijn kin zijn gebotst. We liepen waggelend door de nu doodstil geworden straten, waarboven lichtflitsen de hemel voortdurend deden oplichten, gevolgd door een dof gerommel.

'Zero hour,' hoorde ik Frank mompelen. 'Waar woont je granny?'

Nadat we een straat waren ingeslagen met kleine, ineengedoken huizen, maakte ik me haastig van hem los. 'Hier is het,' zei ik. 'Ik ga achterlangs om mijn oom niet wakker te maken. Kom, geef me een zoen. Morgen om acht uur in hetzelfde café.'

Ik rende zwaaiend een smalle doorgang in tussen twee huizen en bleef rennen over het pad dat achter de tuinen door liep, mijn hoofd achterover, zodat ik de over de schutting hangende bomen over me heen zag glijden als in een film.

De wind zou me beter maken, de grote bolle wind over het vlakke land van de polder. Ik holde een eind verder weer naar de straat. Ik wist nu precies waar ik zijn moest, een slingerend pad op dat langs een brede sloot door de eindeloze weilanden liep. Ik had er vroeger bloemen geplukt tijdens wandelingen met mijn vader en was er heel gelukkig geweest met de warme zon die op mijn rode vestje scheen en de pop die in het gras moest gaan liggen slapen, terwijl ik naar de kikkervisjes keek.

Ik was er al gauw. In het noorden flitsten de lichten nu duidelijker en aan de horizon stond mijn vader met grote gebaren het vloerkleed te kloppen. Ik ging op mijn knieën in het vochtige gras liggen en een gore brij drong door mijn mond en neusgaten naar buiten. Ik voelde een vreselijke kramp in mijn buik en wilde dood. Ik kotste, huilde, hijgde en liet vieze zachte winden. Toen ik alleen nog maar gal kon spuwen, begonnen mijn keel en slokdarm afgrijselijke geluiden te maken.

Eindelijk was het over en een paar meter van mijn taaie braaksel ging ik uitgeput op mijn buik liggen, met mijn hoofd zijwaarts op mijn rechterarm. De wind gleed zacht over me heen als een golvende deken. 'Frank,' huilde ik zacht, 'Frank,' en dieper en dieper zakte ik weg in het troostende gras. Het laatste wat ik hoorde was het blaffen van een hond.

Ik ben maar heel even weggezakt, dacht ik toen ik wakker werd. Er kriebelde een nat grassprietje aan mijn wang en de hond blafte nog steeds. Maar er was iets, de geur van een door mijn speeksel vochtig geworden witpluchen konijn met rode ogen, vermengd met een geur van linoleum, boenwas en ether. Ik was ingeslapen in mijn eigen bed met Dodo tegen mijn wang en was wakker geworden in het vreemde ziekenhuis. Hoe lang geleden? Op dezelfde manier was alles anders, het onkruid onder mijn tastende handen, de bries die over mijn haar streek, de geluiden. Ik hoorde het zanderige en tegelijk metalen geluid van een vuilnisemmer die heen en weer rolde over pas gelegde tegels. En het licht dat door mijn dichte oogleden scheen, was scherper dan de matte grijsheid boven de polder.

Frank, dacht ik en ik zag hem met grote, onzekere stappen over het witte bruggetje lopen, maar heel diep weg door een omgekeerde verrekijker. Tegelijk hoorde ik een glas kapot vallen op de matte, gele tegels van de keuken, vlak voor mijn voeten, en gedruis uit de huiskamer, harde stampende muziek, om elkaar heen cirkelende stemmen, een hoge giechelende lach. Ik wist Arnold in de kamer met verscholen licht, stuurs kijkend naar een kras op de kast, als de anderen even niet op hem letten. Arnold, nachten lang ademde hij naast me in het brede bed, terwijl de muren pianomuziek van Chopin afgaven. Hij had kort zwart haar en gladgeschoren blauwige wangen, vlak bij mijn ogen het oppervlak van een onvruchtbare planeet.

Plotseling weer het geblaf van de hond, een regelmatig weerkerend grof geluid met gaten van eenzame stilte.

Ik opende mijn ogen, ging op mijn knieën zitten en zag even verder de afzichtelijke brij van mijn braaksel. Het gras was een gazon met verse naden – pas gelegde zoden – en aan het eind ervan en hoog boven me rees een zwijgend oceaanschip op met verlichte gangboorden, voor iedere dode bruine deur een lamp.

Daar woon ik, dacht ik verschrikt, ik woon daar. En weer zag ik de matte, gele tegels van de keuken, het kapotte glas en de rode plas die me wanhopig maakte, omdat de wijn in de voegen zou dringen en er nooit meer uitgeboend zou kunnen worden. Arnold zou er zich jaren aan ergeren.

Ik stond op en keek naar de acht oceaanschepen die me omringden, de achthoek van het plein rond met de opengewaaide gaten aan de hoeken, naar de hoge masten met de ringen van massief wit licht die volgens een vreemd, ingewikkeld patroon verspreid stonden.

Ik denk de toekomst maar, dacht ik, maar begon toch doelbewust in de richting van het hoge, langgerekte gebouw te rennen dat zich recht voor me uit bevond. De hoofdingang was aan de zijkant en in de ruime hal van geelgeglazuurde baksteen wist ik drie plantenbakken, drie platte schalen met oerwoud.

Maar ik hoefde niet te kijken door de in twee grote vakken verdeelde glazen deur. Via acht openingen kon ik aan het plein ontkomen en daarachter lag de polder nog die nu voor mijn gevoel iets zachts en warms uitwasemde als een vertrouwde, hoogpolige vloerbedekking die je zacht streelt als je op de grond ligt.

Toch bleef ik bij de ingang staan, want ergens achter het plein, wáar de lege wind waaide, begon de hond weer met zijn afschuwelijke, machinale geblaf. Ik was bang dat hij me achterna zou komen en Frank was er niet meer om me te beschermen en Arnold was boven, bevoelde de kras met een natgelikte vinger.

Ik had het gevoel dat de hond nu mijn hele leven door zou blijven blaffen en dat al een groot deel van mijn leven gedaan had. Om aan het geluid te ontkomen vluchtte ik het gebouw binnen en liep haastig langs de flauwverlichte plantenbakken naar het zwartbetegelde trappenhuis waar ook de lift was.

Waarom weerstand bieden? Straks als ik wakker werd, zou ik moeiteloos de droom uit lopen en naar huis terugkeren, waar mijn vader en moeder verdrietig naar bed waren gegaan en nu angstig wakker lagen, luisterend naar elk geluid. Er sprongen tranen in mijn ogen toen ik in de lift naar boven zoefde. Morgenavond zou ik niet weg mogen. Frank zou me zoeken en niet vinden en de dag daarop mistroostig in zijn troopcarrier klimmen en met gierende banden op weg gaan naar de Rijn.

Nummer 683. Ik stak de sleutel in het slot. Overal in huis waren de lichten nog aan en zonder mijn mantel uit te trekken liep ik naar de keuken, waar ik een werkdoekje uit de kast nam, het vochtig maakte onder de kraan en de tegels begon te boenen. Mijn tranen drupten op de vloer terwijl ik bezig was, want ik wist hoe de kamer eruit zag, overal platgetrapte pinda's op de nog pluizende vloerbedekking, vuile glazen, omgevallen asbakken en overal platen die nog in de hoezen moesten worden gedaan.

Achter me hoorde ik zijn blote voeten over de tegels schuifelen.

'Een beetje opgeknapt buiten?' vroeg Arnold en raakte even met zijn knie mijn rug aan.

Ik knikte naar de tegels en bleef boenen.

'Ik heb een douche genomen. Doe dat ook maar, dat frist op.'

'Ga jij maar vast naar bed,' zei ik moe. 'Ik kom zo.'

'Ja, dat ken ik,' antwoordde hij en schuifelde weg.

Ik spoelde het werkdoekje uit en smeet het op het aanrecht.

In de slaapkamer lag Arnold al onder de dekens toen ik binnenkwam en ik kleedde me haastig uit. Ik liep naakt over de gang naar de douchecel en voelde de warme stoom van Arnold's douche als een niet begeerde liefkozing om me heen.

Terwijl ik de kraan liet lopen, keek ik in de spiegel. Ik zag er beroerd uit, geelbleek, blauwe kringen onder mijn ogen en smoezelig geworden ogenzwart, hangende mond en glansloos haar dat in pieken van mijn hoofd af stond.

Zelfs boven het geluid van het ruisende water uit meende ik de hond te horen blaffen, een eenzaam geluid dat soms plotseling afbrak als hij weer begon te snuffelen.

Het was geen glimlach, maar een gewoontegrimas als ik voor de spiegel stond: mijn bovenlip optrekken om mijn mooie rij gelijkmatige tanden te zien, de jackets die in de plaats waren gekomen van de vooruitstekende tanden uit mijn jeugd.

Diep, heel diep in mezelf had ik het wel geweten sinds ik wakker was geworden in de polder, op het gazon . . .

Cerebro - Verboden Toegang

Mijn zusje Elise zat ineengedoken op de bank en trok nerveus aan de grove franje van het felrode kussen dat naast haar lag. Ze leek een haveloos vogeltje dat bezig is het eigen nest te vernielen. 'Ik weet het niet meer, Frank,' zei ze wanhopig, 'ik weet het echt niet meer.'

Ik wist niet wat ik zeggen moest, keek beurtelings naar haar witte, onopgemaakte gezicht en rusteloze vingers die er smoezelig uitzagen als van een kind dat gewend is alleen de palmen van zijn handen te wassen. Ik had intens medelijden met haar, een gevoel dat pijn deed omdat het voor zover ik me kon herinneren de eerste keer in mijn leven was dat ik haar niet kon helpen.

Nog geen half jaar geleden was ze een gelukkige, jonge vrouw geweest die zingend groente schoonmaakte, neuriënd Dodo's witte overhemden waste in het voorgeschreven lauwwarme sopje en om de andere dag met de stofzuiger door haar kleine woning danste.

'Het lijkt wel of ik een vreemde man heb teruggekregen,' klaagde ze. 'Urenlang zegt hij niets en zit hij maar in zijn stoel te roken.'

Elise had gelijk. Dodo was dezelfde niet meer sinds hij was teruggekomen. Het was een tragische en heel merkwaardige geschiedenis geweest. Een paar maanden na zijn huwelijk met mijn enige zusje, was hij begonnen te klagen over zware hoofdpijn en toen tenslotte de specialist werd ingeschakeld, kon deze alleen maar vaststellen dat het een kwaadaardige tumor was die via een operatieve ingreep moest worden verwijderd. Dokter Tusenius had haar niet veel hoop gegeven ... Maar de dag voordat hij zou worden geopereerd was mijn zwager plotseling uit het ziekenhuis verdwenen. Na drie zenuwslopende weken, tijdens welke de politie alle mogelijke moeite had gedaan een spoor van hem te vinden, werd hij aangetroffen langs de berm van een stille weg, ongeveer vijftig kilometer verwijderd van zijn woonplaats. Hij was zijn geheugen volkomen kwijt en hoewel hij al zijn papieren bij zich had, wist hij zelfs niet eens wie hij was. Uit een medisch onderzoek bleek dat hij een hersenoperatie had ondergaan, maar wie deze had verricht bleef een raadsel.

Elise keerde het kussen om en begon onhandig knopen in de franje te leggen. 'Was dokter Tusenius maar niet weggegaan,' zuchtte ze. 'Die zei telkens als ik de moed liet zakken dat alles best in orde zou komen met Dodo, maar die nieuwe dokter . . . Volgens hem mag ik blij zijn dat ik hem heb teruggekregen.'

'Misschien heeft dokter Tusenius wel gelijk,' trachtte ik haar te troosten. 'Ik heb weleens een boek gelezen over een man die zijn geheugen kwijt was. Hij begon zich geleidelijk alles weer te herinneren nadat er een oude tante op bezoek was geweest die allerlei gebeurtenissen uit zijn jeugd had opgehaald.'

'Dodo heeft geen oude tantes,' zei ze onlogisch. Ze bleef enige tijd roerloos zitten met het kussen op haar schoot en we staarden beiden naar de gestileerde, blauwe vlammen van de gaskachel.

'Als Dodo blijft zoals hij nu is, had hij veel beter dood kunnen gaan,' zei ze tenslotte. 'De laatste week is hij geen enkele keer thuis geweest.'

'Weet je dan waar hij heen gaat?' vroeg ik.

Elise haalde haar smalle schouders op. 'Hij doet net of hij doof is als ik hem zoiets vraag. Sinds hij weer thuis is hebben we eigenlijk nog helemaal niet echt met elkaar gepraat.' Ze begon geluidloos te huilen. De tranen maakten glimmende strepen op haar bleke wangen en drupten in haar mager geworden halsje, maar ze stond niet op om een zakdoek te pakken. 'Ik ben zo bang,' snikte ze, 'ik ben zo bang dat hij . . .'

De volgende avond stond er een scherpe wind die fijne, korrelige sneeuw door de lege straten joeg. Even tevoren had ik mijn zwager de deur uit zien gaan. Ik had aan de overkant postgevat in een donkere, smalle doorgang naar de tuinen en ik voelde me als een detective die een naargeestig echtscheidingszaakje moet behandelen en nu op onderzoek uit is om bewijzen te verzamelen van echtelijke ontrouw.

Gelukkig keek Dodo gedurende de lange tocht die naar een nieuwe buitenwijk aan de andere kant van de stad voerde, niet eenmaal om. Hij liep met de stevige pas van iemand die een vast doel voor ogen heeft, door het nog jonge park met zijn grijswitte speelweiden en schriele boompjes, langs eentonige rijen eengezinswoningen, half dichtgevroren singels en hoge flatwoningen.

Ik zag hem tenslotte verdwijnen in de hal van een sombere galerijflat met voor alle deuren een lampje. Het leken lange rijen cellen die door cipiers in het oog moesten worden gehouden. Ik bleef staan wachten tot ik Dodo op de zesde verdieping weer te voorschijn zag komen en telde nauwgezet de deuren tot hij bleef staan. Het was de elfde woning, gerekend vanaf de lift . . .

Toen ik op de zesde verdieping de deur opende die toegang gaf tot de galerij, sneed de felle oostenwind me pijnlijk in het gezicht en ik trok mijn kraag omhoog om kin en oren te beschermen. Nogmaals telde ik de gelijkvormige, roodbruine deuren tot ik bij de elfde woning stond.

Onder het ruitje van de deur, waarachter een geruit gordijntje hing, was een eenvoudig wit bordje bevestigd met J. Vlasin, een naam die me Russisch in de oren klonk, zoals Stalin, Grishin, Kropotkin.

Het raam aan de rechterkant was verlicht, blijkbaar de keuken, want ik hoorde de geiser aanploffen en even later het gerinkel van kopjes die werden klaargezet.

Even later zag ik de schim van een vrouw achter de dunne,

eveneens geruite overgordijnen. 'De kinderen hebben gevraagd of ze je eens mogen zien. Lotte mist hem nog het meest, veel meer dan . . .' hoorde hij haar zeggen. De schim vervaagde tegelijk met het stemgeluid. Waarschijnlijk was ze naar de voorkant van de flat verdwenen waar de woonkamer moest liggen.

Aan de andere kant van de voordeur bevond zich vermoedelijk de slaapkamer en het bloed steeg naar mijn wangen bij de gedachte dat ik straks misschien ook daar het licht door de overgordijnen zou zien schemeren. Ik liep een tiental meter, verder de galerij op, me afvragend wat ik nu in godsnaam moest gaan doen. Aanbellen? Dat was natuurlijk waanzin.

Ik stak met stijve vingers een sigaret op en keek over de balustrade geleund uit over de eengezinswoningen die aan de voet van het flatgebouw als rijen zonderlinge beesten tussen hun voor- en achtertuinen gehurkt zaten. Terwijl ik wachtte moest ik voortdurend tegen de verleiding vechten om elke vijf minuten op mijn horloge te kijken en probeerde dat zo lang mogelijk uit te stellen, de eerste keer een half uur, maar daarna keek ik met steeds kortere tussenpozen.

Eindelijk, na ruim twee uur – ik had mijn lichaam langzamerhand voelen verstijven – hoorde ik de voordeur opengaan, hun opgewekte, verliefde stemmen die heel helder klonken in de vrieslucht en even later Dodo's voetstappen die zich verwijderden.

Pas toen ik zijn kleine figuur uit het gezicht had zien verdwijnen liep ik terug naar het huis, waar nu overal de lichten brandden, ook in de slaapkamer.

'Iets vergeten?' zei de vrouw toen ze de deur opende. Ze schrok toen ze zag dat het Dodo niet was. 'Ik dacht . . . Er ging juist iemand weg, ziet u, en ik dacht dat hij iets vergeten was.'

'Mag ik u misschien even spreken?' vroeg ik.

Met een aarzelende blik in haar groene ogen keek ze me aan.

'Ik ken u niet en het is al zo laat. En ik ben . . .'
'Alleen thuis,' had ze waarschijnlijk willen zeggen, maar ze slikte die woorden nog bijtijds in.

'Ik ben de broer van de vrouw van Dodo,' zei ik nogal omslachtig en ze moest even nadenken voordat ze het begreep.

Ze opende haar mond in een halve glimlach. 'Komt u dan maar even binnen.' Mevrouw Vlasin sloot de deur achter me en ging me voor naar de huiskamer die er primitief en rommelig, maar toch wel vrolijk uitzag met zijn roodgelakte stoelen en uitbundige hoeveelheid planten. Een hele collectie kinderspeelgoed, verfomfaaide poppen, mini-autootjes, een poppewiegje en een grote hoeveelheid blokken, lag verspreid over de rieten vloerbedekking.

Ze deed geen moeite iets op te rapen, maakte ook geen excuses over de rommel, maar wees me zwijgend een stoel en ging tegenover me zitten. Ze droeg het zware, donkerblonde haar in een dikke vlecht die over haar linkerschouder naar voren hing, wat goed stond bij haar driehoekige, wat vermoeide gezicht.

'Mijn zusje klaagt erover dat haar man de laatste tijd geen enkele avond thuis is en daarom . . .'

Mevrouw Vlasin zuchtte diep. 'Ik kan het echt niet helpen, meneer . . .'

'Leroy.'

'Het is allemaal zo vreemd gegaan, eigenlijk zonder dat ik eraan te pas gekomen ben.'

'Dat lijkt me sterk,' zei ik sarcastisch.

'Als ik het u vertel zult u het misschien niet geloven, maar het is echt zo. Hij kwam hier op een avond zo maar binnenvallen . . .'

'Toch wel nadat u hem uitgenodigd had binnen te komen?'

'Nee, eigenlijk niet. Er werd gebeld, ik ging opendoen en daar stond een wildvreemde man op de stoep. Hij schoof me opzij toen ik hem niet wilde binnenlaten, hing zijn jas aan de kapstok en liep naar de kamer. Waarom ik niet ben gaan gillen weet ik nog steeds niet. Hij ging zitten in de stoel waarin mijn man altijd zat. Het was alsof Jano weer teruggekomen was ... of hij er recht op had in die stoel te gaan zitten.' Haar stem klonk monotoon, alsof ze praatte in haar slaap, en terwijl ze sprak staarde ze langs me heen naar een ver verwijderd punt in de kamer.

'Bent u gescheiden of is uw man gestorven?' vroeg ik.

Het bleek dat haar man was gestorven op de dag dat Dodo uit het ziekenhuis was verdwenen. Dodo had haar niets over die geschiedenis verteld en ze keek heel verbaasd. 'Hoe kan een doodziek iemand nu zomaar uit een ziekenhuis verdwijnen?' vroeg ze hulpeloos.

Ik haalde mijn schouders op. 'De zaak is grondig door de politie onderzocht, maar niemand is ooit te weten gekomen hoe en waarom het is gebeurd.' Daarna vertelde ik haar de hele geschiedenis en terwijl ik aan het praten was, keek ze me met grote ogen aan. 'Wist u er helemaal niets van?' vroeg ik tenslotte. 'Het heeft indertijd met vette koppen in alle kranten gestaan.'

Mevrouw Vlasin plukte aan haar vlecht en haar ogen kregen een droevige uitdrukking. 'In die tijd ... dat Jano was gestorven heb ik zeker een maand geen krant ingekeken. Ik had alle belangstelling voor het leven verloren, verwaarloosde mijn kinderen, deed niets aan het huishouden. Het is eigenlijk pas weer een beetje goed gegaan toen Dodo kwam.'

'Hebt u nooit iets vreemds aan hem gemerkt?' vroeg ik.

Ze knikte. 'Hij praat heel weinig en helemaal niet over zichzelf, niet waar hij vandaan komt, niet over zijn werk. En de vreemde manier waarop hij zomaar bij me kwam aanbellen.'

'Hoe is het eigenlijk verder gegaan toen?'

Ze schokte met haar schouders. 'Daarna ... daarna is eigenlijk alles vanzelf gegaan, alsof het zo hoorde. Die eerste avond heb ik hem tenslotte de deur weer uitgekregen, maar ik had hem moeten beloven dat hij nog eens terug mocht komen. En dat gebeurde de volgende avond al. Ik kan het zo moeilijk uitleggen,' zei ze. 'Hij gedraagt zich alsof hij hier al jaren komt, weet alles te staan, helpt me met dezelfde karweitjes als Jano altijd deed. Alleen lijkt hij er huiverig voor mijn kinderen te zien.'

Ze boog zich plotseling naar me over en keek me met een zonderlinge blik in haar ogen aan. Daarna sprong ze uit haar stoel en begon gehaast te grabbelen in de bontbeschilderde krantenbak naast de schoorsteen. Toen ze de krant had gevonden die ze hebben moest, schoof ze die onder mijn neus. 'Kijk eens, de krant van vanavond!' WEER MAN UIT ZIEKEN-HUIS VERDWENEN, stond er ongeveer halverwege de voorpagina, een nieuwsartikel met een nogal saaie foto van het ziekenhuis in Delbasse. In het artikel werd ook de geschiedenis van Dodo nog eens opgehaald, waarbij zijn naam alleen met initialen werd aangeduid, en in een commentaar op een van de volgende bladzijden werd fel van leer getrokken tegen directies van ziekenhuizen, waar doodzieke mensen zo maar van hun bed gelicht konden worden. MENSENROOF, stond erboven. Maar nergens stond een verstandig woord te lezen over het mogelijke motief.

Ik liet de krant naast mij op de grond zakken, stond op en staarde uit het raam naar het lege, troosteloze sportveld dat in de diepte lag te kleumen onder een dunne laag sneeuw. In mijn gedachten werd het een groot filmdoek, waarop een sensationele scène te zien was.

'Waar denkt u aan?' vroeg mevrouw Vlasin.

Ik lachte grimmig. 'Misschien heb ik te veel fantasie,' antwoordde ik. 'In gedachten zag ik twee gemaskerde mannen een ziekenhuis binnendringen, zoiets als een scène uit een film over een bankroof. Alleen hadden de overvallers witte maskers voor zoals chirurgen bij een operatie.'

'Wie steelt er nu doodzieke mannen?'

'Dat vraag ik me ook maar steeds af,' zei ik en stak zonder te weten wat ik deed een sigaret op. 'Leden ze nu maar aan dezelfde soort ziekte, maar Dodo had een hersentumor en deze' – ik wees op de krant – 'had een schedelbasisfractuur. Anders zou je misschien denken aan een of andere halfgekke professor die tumors verzamelt in flesjes sterk water, iemand die koste wat het kost de wereld wil verrassen met de mededeling dat hij het geneesmiddel tegen kanker heeft uitgevonden en nergens voor terugdeinst om . . .'
'Om de eerste te zijn met die ontdekking?'
'Precies,' zei ik.

Ondanks het feit dat mijn denkbeeld over die waanzinnige dokter niet klopte, bleef ik me vastbijten in het idee dat het motief van medische aard moest zijn.
Het zette me aan het denken over die aardige professor Tusenius die Dodo tijdens een ziekte en ook nadat hij weer was opgedoken, had behandeld. Ik had Elise zo nu en dan over hem horen praten, maar zelf had ik hem nog nooit ontmoet. Hij moest een vijftiger zijn met een weelde van bijna wit haar, een meelevend mens die een zieke niet alleen beschouwde als een voorwerp dat op gebreken moest worden onderzocht.
Tusenius was niet meer verbonden aan het ziekenhuis in de stad, had Elise gezegd, en ik vroeg me af waar hij was heengegaan.
Deze vraag bleek gemakkelijk te beantwoorden voor de receptioniste van het ziekenhuis, een blond zustertje dat zojuist van top tot teen gewassen en gestreken scheen. 'Dokter Tusenius?' zei ze. 'Die is sinds een maand of wat verbonden aan het Noorderziekenhuis in Delbasse.'
'Delbasse?' Een ogenblik moet ik haar aangekeken hebben alsof ik zelf onmiddellijk moest worden opgenomen vanwege een acute stoornis in de hersenen. Maar voordat de zuster iets had kunnen zeggen, was ik de hal weer uitgestormd.

Dodo stierf op de avond van de dag dat ik dokter Tusenius een bezoek bracht, zogenaamd om zijn hulp in te roepen voor Dodo's genezing, iets waaraan ik eigenlijk toen al niet meer geloofde. Een ellendige bijkomstigheid was dat hij overleed in de flat van mevrouw Vlasin.

Acute hersenbloeding had de dokter geconstateerd. Elise was er kapot van, niet het minst vanwege de plaats waar haar man was gestorven. Ik was razend en besloot niet te rusten voordat ik het mysterie van de verdwenen zieken had opgelost. Weliswaar had dokter Tusenius bij mijn bezoek geen ongunstige indruk op mij gemaakt, maar de achterbakse houding van zijn assistente die mij met allerlei smoesjes had willen afschepen, had mijn argwaan opgewekt.

Een week later had ik mijn mini geparkeerd in de buurt van de enige weg die van het bungalowpark, waar Tusenius was gaan wonen, naar het centrum van Delbasse liep. Intussen was er weer een dik pak sneeuw gevallen. Aan de overkant van de weg was men een drietal flats aan het bouwen met betonnen winkels op de begane grond. De stapels bakstenen ervoor hadden de vorm aangenomen van enorme, in diepe rust verzonken ijsberen en op de uitstekende vensterbanken op de bovenverdiepingen lagen dikke, witte, sneeuwlopers die naar beneden toe steeds smaller werden.

Ik had nu zes uur achtereen de lege weg af zitten turen die tussen de eerste en tweede flat door liep en in de verte verloren ging in de eindeloze witheid van braakliggende bouwgrond. In die tijd waren er evenzoveel auto's gepasseerd en mijn maag deed pijn van de honger. Eindelijk zag ik de wagen van de dokter de weg af komen hobbelen, een goed onderhouden Wolsely van enkele jaren terug.

Met een verbeten gezicht drukte ik mijn sigaret uit in het asbakje en draaide het sleuteltje om in het contact. De vorige dag had ik geen succes gehad. Een hele dag had ik verspild met het volgen van de groene wagen die tweemaal heen en weer naar het ziekenhuis was gereden.

Terwijl ik de Wolsely volgde zag ik steeds maar het bleke gezicht van Elise voor me zoals ze aan Dodo's graf had gestaan met lege, starende ogen, frunnikend aan het geleende zwarte tasje dat ze met beide handen voor haar buik vasthield. Geen ogenblik had ze me aangekeken tijdens die afschuwelijke plechtigheid op het kerkhof, waarvan de stille witheid alleen onderbroken werd door de kuil aan onze voeten, de omstanders met hun donkere kleren en enkele kraaien die op enige afstand opwaaiden en weer neerkwamen als zwarte stukken papier.

De wagen van de dokter had inmiddels de stad verlaten via de hoofdweg naar Enselee die sneeuwvrij was gemaakt. Deze voerde door de vrijwel onbewoonde streek, waar Dodo enige weken tevoren door de politie was teruggevonden.

Ik voelde dat mijn handen trilden van opwinding. Toen ik de gebrilde assistente naast de dokter had zien zitten, had ik er al een voorgevoel van gehad dat dokter Tusenius niet naar het ziekenhuis zou gaan, maar een ander doel voor ogen had.

Het viel niet mee de Wolsely bij te houden. Deze raasde met een vaart van ver over de honderd kilometer over de vrijwel lege linkerrijbaan en ik moest voortdurend het gas op de plank houden.

Na een kilometer of dertig, in de buurt van een klein dorp, week de Wolsely uit naar de rechterbaan en verliet de hoofdweg. We reden dwars door het dorp en kwamen al gauw terecht op een met sneeuw bedekte tertiaire weg die zich door de licht heuvelachtige heide slingerde. Op de hoogste punten van de weg kreeg ik het gevoel door Antarctica te rijden, vooral als een plotselinge windvlaag de sneeuw meters hoog deed opstuiven.

Onze snelheid was inmiddels gezakt tot nauwelijks vijftig en ik moest nu wel een flinke afstand bewaren om dokter Tusenius niet het gevoel te geven dat hij werd gevolgd.

Niet lang daarna zag ik hem een bocht naar links nemen en

70

langs een onduidelijk karrespoor de heide in hobbelen. Ik remde niet af, maar reed de zijweg voorbij en zette mijn mini een twintigtal meters verder langs de kant van de weg neer.

Te voet keerde ik terug en begon het karrespoor te volgen. De wielen van de Wolsely hadden duidelijke sporen in de nog zachte, bijna ongerepte sneeuw achtergelaten en deze waren ondanks de invallende duisternis goed te volgen. Na een minuut of tien kwam ik terecht in een dicht bos, waar de weg al bochtiger werd en zo af en toe bijna geheel verdween.

Plotseling zag ik dat de sporen van de weg afweken en bijna op hetzelfde moment kreeg ik de groene wagen in het oog die achter wat struiken stond in een bijna geheel dichtgegroeide oprijlaan. Ik veegde met mijn mouw de sneeuw van een bord dat aan de zijkant tegen een berk was vastgespijkerd. *Cerebro – Verboden Toegang* stond erop te lezen.

Ondanks de kou voelde ik me klam worden van het zweet. Het was nu bijna geheel donker geworden. Alleen bijgelicht door de sneeuw en spiedend naar alle kanten begon ik de oprijlaan af te lopen, gereed om ieder ogenblik in de struiken te springen.

De woning bleek een slecht onderhouden houten zomerhuis te zijn met verveloze blinden voor de ramen die geen spoor van licht doorlieten. Geruisloos liep ik om het huis heen en vond aan de achterzijde een deur die niet afgesloten was. Wat er ook in de woning gebeurde, de bewoners schenen zich veilig te voelen.

De deur bleek toegang te geven tot de keuken. De betegelde wanden glansden naargeestig in het blauwige licht van de neonbuizen aan het plafond en de steriliteit van het geheel – geen vuil koffiekopje of pruttelende theepot gaf er iets menselijks aan – deed me denken aan de lijkenbewaarplaats van een ziekenhuis of politiebureau, waar de doden vers worden gehouden in ijsgekoelde laden. De koelkast bleek ook inderdaad een vreemde, langwerpige vorm te hebben.

71

Zonder enig geluid te maken liep ik via de verlichte hal op een deur toe. Ik bleef een ogenblik staan luisteren. Een zacht gemompel, geluiden alsof er messen en vorken op een aanrecht werden gelegd en een licht gezoem drongen tot me door. Mijn benen trilden en mijn hart leek zo fel te kloppen dat het bijna door mijn colbert te zien moest zijn.

Voorzichtig opende ik de deur. Eerst zag ik alleen maar de witte kop van de dokter en het donkerder hoofd van diens assistente en nog een derde gestalte in een witte jas. Ze stonden gebogen over een operatietafel, waarop het grotendeels onder wit laken verborgen lichaam van een mens lag. Een felle lamp met een groene kap wierp een kegel van licht over het tafereel.

Slechts even hief dokter Tusenius zijn hoofd op. 'U?' zei hij. 'Ik kan u helaas niet direct te woord staan. Momenteel is het leven van deze man belangrijker dan uw dood.'

Ook de anderen wierpen even een blik op me en het was of hun voorhoofden boven de witte maskers verstrakten. Dokter Tusenius pakte een glanzend instrument aan uit handen van zijn assistente en boog zich weer over het hoofdeinde van de tafel waar een bloederige massa te zien was te midden van veel steriele witheid.

Ik zei niets, maar liep enkele passen verder het vertrek binnen, trok vanwege de hitte mijn jasje uit en liet het naast me op de grond vallen. Nu zag ik ook waar het gezoem vandaan kwam. Een pomp stuwde telkens met dezelfde regelmaat als een hartslag een rode vloeistof door een aantal doorschijnende plastic slangen in een grijsachtig, griezelig ding op de bodem van een grote wasbak zoals fotografen wel gebruiken voor het ontwikkelen van hun foto's.

Nu pas drong het tot me door wat ze aan het doen waren . . . en wat ze al eerder gedaan hadden met Dodo. Ik bleef doodstil staan en probeerde ondanks mijn plotseling opkomende hoofdpijn en misselijkheid na te denken. Ik mocht de operatie

72

niet verstoren. De man onder het witte laken leefde natuurlijk nog en ze waren waarschijnlijk bezig zijn zieke hersenen te verwijderen om deze straks te kunnen vervangen door de massa uit de wasbak, vermoedelijk afkomstig van een gestorven patiënt.

Ik liet mijn ogen door de kamer glijden, maar kon nergens een telefoon ontdekken en verliet de kamer weer zo stil mogelijk via de deur waardoor ik was binnengekomen.

Nadat ik in de hal een aantal deuren had geopend, vond ik wat ik zocht in een kleine kamer die als zitslaapkamer was ingericht. Ik begon haastig in het telefoonboek te bladeren en omdat ik de namen van de schaarse dorpen in de omgeving niet kende, zocht ik naar het nummer van het politiebureau in Enselee.

'Laat dat,' klonk plotseling een scherpe, geaffecteerde stem achter mijn rug. Ik keerde mij om. In de deuropening stond de assistent, een lange, magere figuur met een klein, kortgeknipt hoofd en een bril op met een donker montuur. Zijn kleine oogjes flikkerden onheilspellend achter de brilleglazen, maar onheilspellender nog was de kleine zwarte revolver in zijn hand.

'Ik had het nummer net gevonden,' zei ik en staarde naar de dodelijke cirkel die lichtelijk trilde. Maar ik twijfelde er niet aan of de kogel zou me op die korte afstand onherroepelijk raken.

'U weet vermoedelijk wat hier gebeurt?' zei de assistent.

'Precies,' zei ik, 'en ik vind dat de politie hier ook van op de hoogte moet zijn.'

'U weet niet wat u zegt.' De woorden kwamen sissend over zijn lippen. 'Een genie zoals dokter Tusenius moet de vrijheid hebben te experimenteren. Het getuigt van kortzichtigheid hem die vrijheid niet te gunnen. Als hij zijn gang mag gaan, betekent dat een enorme stap in de richting van de vooruitgang der medische wetenschap.'

'Die dokter Tusenius van u is een schurk,' zei ik kalm. 'Hij heeft mijn zwager wekenlang laten leven als een lopend lijk, met de hersens van iemand anders, met het gevoel van iemand die hem volkomen vreemd is. Hij heeft alleen maar de lijdensweg van twee, nee, zelfs drie mensen verlengd. En dat alles in naam van de medische wetenschap.'

Zijn mond trilde van woede. 'Ik heb u laten uitpraten, omdat ik een beschaafd iemand ben, maar als u . . . als u . . .'

Ik pakte de hoorn van de haak en begon het nummer te draaien, mijn ogen steeds gericht op de revolver, terwijl het gekmakende tuut-tuut-tuut in mijn oren klonk. 'Hallo! Hallo! Iemand staat op het punt mij neer te schieten . . . Ik weet het niet. Cerebro heet het, ergens rechts van de hoofdweg . . .'

Het was of ik plotseling een enorme klap op mijn borst kreeg en ik tuimelde over het bureau heen, volkomen verdoofd door een scherpe knal die tegelijk met een bliksemflits mijn hoofd scheen te splijten. Ik probeerde mijn ogen te openen, maar het was alsof er een geweldige hoeveelheid puin en gruis uit het plafond naar beneden viel en me geheel overdekte tot ik me niet meer kon bewegen. Ik verloor het bewustzijn . . .

'Hoe is het nu, Frank?' waren de eerste woorden die ik hoorde toen ik wakker werd, woorden die vaag tot me doordrongen en bijna overstemd werden door iets als het geruis van een waterval.

'Goed,' kreunde ik en knipperde met mijn ogen. Een wazig gezicht hing ergens boven me in een wolk van mist. Het was het vertrouwde gezicht van Elise.

'De dokter zegt dat het niet ernstig is. Je komt er gauw weer bovenop. Hij heeft je in je schouder getroffen, maar het scheelde weinig of . . .'

'Fijn,' zei ik, maar ik weet niet of ze het gehoord heeft want ik hoorde mijn stem zelf nauwelijks. Ik had het gevoel of er een loodzwaar gewicht op mijn rechterschouder drukte. 'Haal die boeken van mijn schouder,' fluisterde ik.

Ik hoorde haar zachtjes lachen. 'Het gaat wel over, Frank,' zei ze. 'Bedankt voor alles wat je gedaan hebt. Ze zijn alle drie gearresteerd. Alle kranten staan er vol van.'

Ik deed een schamele poging tot een glimlach.

'Fijn dat ik nu alles weet,' fluisterde ze me in het oor. 'Eigenlijk was Dodo al lang gestorven, weet je. Ik had de laatste tijd alleen zijn lichaam in huis, zijn omhulsel, maar zijn hersens dachten als Vlasin. In zijn gedachten wás hij Jano Vlasin. Hij is me dus nooit werkelijk ontrouw geweest en dat is toch wel een troost voor me, vind je niet?'

'Ja,' fluisterde ik, 'ja,' en zonk weg in een diepe, droomloze slaap.

Heel goed, zei Jahwe

2 Koningen 9 en 10

Pas toen Jehu wakker werd begon hij te wankelen. Hij moest snel zijn voeten verplaatsen om niet te vallen. Zijn eerste gedachte was dat hij tijdens het feest met zijn vrienden smoordronken moest zijn geworden en nu, na misschien een hele nacht te hebben geslapen, uit zijn roes was ontwaakt. Hoe kwam hij anders aan dat zware hoofd en dat gevoel van misselijkheid?

Maar wie had er ooit van iemand gehoord die staande zijn roes uitsliep?

Langzamerhand begon het tot hem door te dringen dat er iets vreemds met hem gebeurd moest zijn, iets waarin een hogere, duistere macht de hand moest hebben gehad, misschien Jahwe zelf.

Een beetje duizelig ging hij op de lemen vloer zitten.

Aan de plaatsing van de uiterst kleine ramen, hoog in de muur, zag hij dat hij zich niet in zijn eigen huis bevond.

Hij begon zich weer iets te herinneren, het luidruchtige feest bij zijn vriend Nun dat naar de geluiden te oordelen die van buiten tot hem doordrongen, nog steeds aan de gang moest zijn, de vreemde blonde danseressen wier lichamen en wuivende haren nauwelijks afstaken tegen het opgetaste stro.

Hij was door iemand weggeroepen op het hoogtepunt van het oogstfeest, toen hij en zijn vrienden zich juist tussen de danseressen hadden gedrongen en mee waren gaan dansen, in de handen klappend en hartstochtelijk manipulerend met de tamboerijnen.

In gedachten zag hij hem weer aan komen rennen, Abinóam, het broertje van Nun, bruin en rank als een hert.

Er was iemand die hem wilde spreken, had hij geroepen.

Plotseling zag hij de man weer voor zich, een van die benige ongeluksprofeten die het land doorkruisten om het volk te pressen tot gehoorzaamheid aan Jahwe, een kerel met felle onrustige ogen, een stok in zijn hand, gekleed in een ruwe mantel van kameelhaar.

De zon was al enige tijd op, zag Jehu toen hij buitenkwam. De ochtendnevel was al opgetrokken en het begon warm te worden. Het feest zou nu wel spoedig afgelopen zijn.

'Ha, Jehu!' Joas kwam onmiddellijk op hem af, een beetje waggelend en met een rooie, zwetende kop en kleine, zwemmende oogjes. 'Wat kwam die snuiter doen? Je ziet er gewoon bleek van! Een of andere knotse boodschap van Jahwe soms?' Nu kwamen Nun en de anderen ook toelopen.

'Ja, vertel op,' drongen ze aan.

Jehu haalde zijn schouders op. 'Ach niks,' zei hij. 'Je weet hoe die gekke gasten zijn. Ze kletsen maar wat. Ze . . .'

Hij hield met een scherp geluid zijn adem in en in zijn ogen kwam een verontruste blik.

'Wat is er? Wat heb je opeens?' vroeg Joas, geschrokken van Jehu's gezicht dat trilde en bewoog als water waar de wind over blaast. 'Ik heb nou wel een grote bek als ik een beetje bezopen ben, maar als het zo is dat die man iets . . . Je weet wat er soms gebeurt als je het verrekt om te doen wat die lui zeggen. Ze laten gewoon vuur van de hemel regenen of zoiets . . .'

Jehu aarzelde en keek naar zijn eeltige, bruine voeten. 'Hij zei iets verdomd eigenaardigs . . . dat ik van nu af aan koning van Israël zal zijn.'

Een scheve glimlach verwrong zijn gezicht. 'Ik heb me zelfs laten zalven . . .'

Nun zette de wijnkruik die hij op de schouder had, op de grond, veegde zijn zweterig geworden handen aan zijn mantel af en keek somber in de verte, waar de hitte de lucht deed trillen boven de gele, verschroeide aarde.

'Hij heeft letterlijk tegen me gezegd: "Op bevel van Jahwe zalf ik je tot koning over Israël",' voegde Jehu eraan toe met een stem die iets vaster begon te klinken.

Hij klemde zijn kaken op elkaar en dacht aan koning Joram die nog van niets wist en in Jizreël lag te genezen van de wond die hij opgelopen had in de oorlog tegen Hazaël van Syrië.

'Laten we je dan maar meteen tot koning uitroepen, Jehu, en . . .'

Nun was nog niet uitgesproken of Jehu wist al precies wat hem te doen stond. Het was of er plotseling iemand anders, een vreemde macht, bezit van hem genomen had die zich verenigde met zijn eigen ontembare natuur. Hij rechtte zijn rug en leek opeens veel langer dan wie ook van zijn vrienden.

Ze keken vol ontzag naar hem, ook Nun, en de gelijkenis met koning Saul drong zich aan hen op. Werd er van Saul niet rondverteld dat Jahwe een ander mens van hem had gemaakt toen hij tot koning was uitgeroepen en dat hij met kop en schouders boven al het volk uitstak?

Plotseling kwamen ze in beweging. Ze begonnen luid te roepen en te juichen, trokken haastig hun mantels uit en spreidden die uit op de trap.

'Loop eroverheen, Jehu! Schiet op, man, lopen! Je bent koning of je bent het niet! Zet je vuile poten er maar op!' schreeuwden hun stemmen verward door elkaar heen.

Met een star glimlachje rond zijn lippen begon Jehu, lopend over hun mantels, de trap te bestijgen die naar het dak van Nun's woning leidde.

Daar aangekomen keerde hij zich om en overzag zijn kleine groep vrienden.

'Sluit de stad hermetisch af,' zei hij, 'zodat niemand de kans krijgt om Joram te waarschuwen.'

In een rad tempo begon hij zijn plannen te ontvouwen, tot in de kleinste details, alsof hij er dagen over had nagedacht . . .

Jahwe liet zijn blikken snel langs de tijdmonitors glijden, drukte zo nu en dan een knop in, hield de flikkerende lampjes in de gaten, nam telkens een slok uit zijn glas whisky, gaf bevelen door via de intercom.

'Oké, laat Mozes maar optrekken. Het is nu het juiste tijdstip. De farao weet zich geen raad meer nu zijn oudste zoon dood is ... Ja, o ja, hij krijgt er nog spijt genoeg van dat hij ze heeft laten gaan en komt ze achterna, maar daar is de Rode Zee goed voor. Je kent dat trucje wel ... Zo is het.'

Terwijl het enorme ruimteschip van Jahwe het heelal doorkliefde, begon de toestand in Egypte zich snel in het voordeel van de Israëlieten te wijzigen.

'Ja, zeg het maar ... Mosje Dayan, zeg je? ... Laat hem maar onmiddellijk tot de aanval overgaan. Ik sta met mijn volle gewicht achter hem ... Hoe lang het zal duren? ... Zes dagen na nu heeft hij ze allemaal opgerold, daar kun je donder op zeggen ...

En zeg tegen iedereen dat ik voorlopig niet gestoord wil worden. Ik moet me echt een poosje intensief met Jehu gaan bezighouden ... Goed, maak er maar wat van. *Bye!*'

Maar onmiddellijk was er weer iemand anders aan de lijn.

'Is het echt dringend?' vroeg Jahwe. 'O, ben jij het, Gab? Wat? ... Zo zo, ja ja ... Rotkerel die Brezjnew, maar ik denk dat er voorlopig niet veel aan te doen zal zijn. Mijn invloed is, juist in die decennia, tamelijk hard achteruitgegaan, dat weet je ... zelfs via de lijn van de Russisch-Orthodoxe kerk.

Mm? ... Ja ja, neem maar onmiddellijk contact op als je iets nieuws weet. Oké, oké, jij mag me altijd storen. Ik weet dat het nooit om een futiliteit gaat als jij belt.

Tuurlijk, Gab, doe dat. Oké. Over en sluiten maar.'

Onwillekeurig gleden zijn blikken naar de tijdmonitor 1943-na, waar zich helse taferelen afspeelden – flitsen van Dachau, Bergen-Belsen, Theresienstadt ... Er kwamen diepe rimpels in zijn voorhoofd.

'Toch zal het hem niet lukken, de schoft,' prevelde hij.

Met moeite rukte hij zijn ogen van het scherm los. Eerst Joram . . . Zonde van die kerel eigenlijk. Net zo keihard als zijn vader Achab, om het nog maar niet over zijn moeder te hebben . . .

Koning Joram ging wrevelig rechtop zitten om Ahazia, de koning van Juda, nu eens haarfijn te vertellen hoeveel geld hij nodig had om Hazaël van Syrië met succes te kunnen bestrijden en hoeveel het aandeel van de ander zou moeten bedragen. Maar de schouderwond die hij tijdens de laatste veldtocht had opgelopen, deed nog verrekt veel zeer en hij ging kreunend weer liggen.

'Luister nou eens, Joram,' zei Ahazia met zijn klaaglijke piepstem. 'Om nog eens terug te komen op die tempelschatten . . .'

In de deuropening verscheen het knobbelige hoofd van een knecht.

'Er komt een stel ruiters aan, zegt de wachter,' zei hij luid. 'Wat moet ik doen?'

'Ruiters?' Joram's stem klonk gespannen. 'Wat voor ruiters? Hoeveel?'

De knecht keek naar de grond, alsof hij het aantal van het tapijt af kon lezen.

'De wachter denkt zo'n paar honderd. Er schijnen ook wat strijdwagens bij te zijn. Ze maken enorm veel stof. Veel kan hij niet onderscheiden. Ze zijn nog te ver weg.'

Joram vloekte. 'Kunnen ze me dan verdomme niet met rust laten, terwijl ik ziek lig? Stuur er een ruiter op af en laat vragen wat ze willen.'

Toen de knecht verdwenen was, begonnen Joram en Ahazia weer te touwtrekken over de kosten van de komende oorlog. Ze waren nog lang niet tot overeenstemming gekomen — Ahazia stond er inderdaad nogal beroerd voor — toen de knecht weer opdook.

'Ik heb Joab gestuurd,' zei hij, 'maar hij komt niet terug. Hij heeft zich bij hen aangesloten. De wachter denkt nu dat hij wel weet wie het is. Waarschijnlijk Jehu, de zoon van Nimsi want hij rijdt als een idioot.'

Joram kwam kreunend overeind.

'Laat direct twee wagens inspannen,' beval hij kortaf. 'Die van koning Ahazia en die van mij. We gaan er zelf op af.'

Even later stond hij met een van pijn vertrokken gezicht in de zware, heen en weer hotsende strijdwagen, met de ene hand de paarden mennend, de andere hand tegen zijn schouderwond gedrukt die weer heftig was gaan kloppen. Schuin achter hem reed de wagen van Ahazia.

De stofwolk in de verte werd geleidelijk groter. Ze naderden over een breed front, alsof ze een stormaanval ondernamen – sommige ruiters schenen naast de weg in het open veld te rijden.

Wat voor den donder moet dat betekenen? dacht hij bij zichzelf en keek schichtig achterom naar Ahazia die hoe langer hoe verder achterbleef. Hij dacht aan de voorspelling van profeet Elisa: *Sterft er iemand van Achab in de stad, dan zullen de honden hem verslinden en sterft iemand van hem op het land, dan zullen de vogels uit de lucht het doen.*

Hij wierp een snelle blik op de witgloeiende hemel. Er was geen enkele gier te bekennen. Misschien een goed voorteken . . .

Even later kwamen beide partijen op slechts enkele meters van elkaar met een ruk tot stilstand en hoewel hij het wel kon uitschreeuwen van de pijn, richtte Joram zich in zijn volle lengte op.

'Wat is er aan de hand, Jehu?' donderde zijn stem. 'Wat kom je doen?'

Jehu steeg niet af zoals anders, maar bleef trots en koud op zijn wagen staan, zijn gezicht op gelijke hoogte als dat van de koning.

'Ik kom met een boodschap van Jahwe,' zei hij nors. 'Hij heeft me bevolen een einde te maken aan je koningschap en de afgoderij uit te roeien waaraan jij en die teef die je moeder is, je schuldig maken. Daarom . . .'

Voordat Jehu uitgesproken was, rukte Joram met zoveel kracht de paarden om dat de wagen bijna kantelde.

'Als de bliksem ervandoor!' schreeuwde hij Ahazia toe.

Hij beet zijn kiezen op elkaar om de pijn de baas te blijven. Het was of zijn onbeschermde rug een zelfstandig leven begon te leiden en een gloeiend schild vormde van angst en pijn.

Hij had nog maar een kleine afstand afgelegd, toen hij getroffen werd door een enorme klap die hem voorover deed stuiken, zodat hij bijna op de zwetende paarden tuimelde. Zijn hand klauwde nog naar de ruwe, ijzeren wand van de wagen in een poging zich weer overeind te worstelen, maar terwijl de wagen nog even door bleef rijden, gleed zijn grote lichaam langzaam omlaag.

De zware pijl van Jehu had hem tussen de schouderbladen getroffen en zijn hart doorboord. Traag stroomde zijn bloed naar het laagste punt van de strijdwagen . . .

'Wat nou weer?' snauwde Jahwe. 'Ik heb toch gezegd . . . Val me niet in de rede . . . Ik heb toch gezegd dat ik niet gestoord wilde worden. Ik ben met iets heel belangrijks bezig.

Hè? . . . O, had dat dan meteen gezegd, kerel. Die resolutie van de Veiligheidsraad kunnen ze natuurlijk niet zo maar naast zich neerleggen, hoewel . . . Ja, dat wou ik ook zeggen. Je hebt zelf voorgestemd . . . Jarring, zei je? Gunnar Jarring . . . Nou ja, probeer het in elk geval . . .

Wie zeg je? O, Golda? Geweldige vrouw, ja . . . Nee, niet direct mijn type, maar ja . . . Toch jammer dat ze niet veel tijd van leven meer heeft . . .

Nee, voorlopig niet meer bellen, alsjeblieft. Ik moet eerst die

zaak van Achab afwikkelen. Wat? . . . Ja, Achab zelf is dood, maar ik zit nog opgescheept met die affaire Jehu-Izebel. Het rottige is dat je het in die tijd allemaal persoonlijk moet regelen. Ik moet Jehu zo ver zien te krijgen dat hij haar liquideert, zie je, maar hij is vroeger een beetje gek geweest op dat ouwe wijf. Dus problemen genoeg, dat begrijp je wel . . .
Wat? . . . Ja goed. *So long,* Richard. *God bless you, ol' boy.'*

Toen Jehu de poort van het paleis binnenreed, zag hij haar voor het raam staan. Ze was op die afstand nog van een verrassende schoonheid. Izebel droeg een veelkleurige mantel die haar borsten bijna vrijliet en in haar weelderige, donkerrode haar – ongetwijfeld geverfd, zoals bijna alles wat hij van haar zag – had ze een diadeem die blonk in de ondergaande zon. Ze lachte en haar donkere ogen schitterden.
'Hoe gaat het, Jehu?' riep ze. 'Hoe gaat het met je, koningsmoordenaar?'
Hij bleef haar een tijdlang aanstaren, zo lang dat zijn vrienden zacht begonnen te mompelen; maar hij hoorde het niet, hoorde alleen het sjirpen van krekels in de koninklijke tuin, haar zachte ademhaling, haar voeten die dode takjes deden knappen. Het leek lang geleden . . .
Ze boog zich voorover uit het raam. 'Is Jehu niet mijn vriend?' zei ze zacht, maar duidelijk voor iedereen verstaanbaar, 'is hij niet mijn minnaar geweest? . . . Maar hij vermoordt liever zijn liefde dan dat hij iemand uit het huis van Achab laat leven . . .'
Ze begon plotseling te schreeuwen. 'Dat moet hij wel, die vieze vuile slappeling. Hij is als was in de handen van Jahwe! Dat monster kan met hem doen wat hij wil. Jahwe heeft hem in zijn macht!'
'Hé jij!' krijste ze tegen een van de knechten die achter haar stonden. 'Laat jij me zomaar vermoorden, Gerson, jij schoft! Steek jij geen poot voor me uit, hè? Heb ik je niet jarenlang

te vreten gegeven?'

'Gooi haar uit het raam,' zei Jehu tegen de knecht. 'Geef haar een duw, dan is het voorbij. Doe het vlug!'

Hij sloot zijn ogen en hoorde haar lichaam met een misselijk makende klap op de stenen vallen. Paarden hinnikten en begonnen te steigeren van schrik, vertrapten haar onder hun hoeven.

De knechten keken star toe en staken geen hand uit, zodat er al spoedig niets meer van haar lichaam over was dan een afschuwelijk misvormde, bloederige vleesklomp.

Zonder een woord te zeggen keerde Jehu zijn wagen en reed weg naar de stad om er te gaan eten.

Toen hij daarmee klaar was – gegeten had hij niet veel, maar gedronken zoveel te meer – zei hij tegen Nun: 'Ga kijken wat er van haar over is. De honden zullen het meeste wel hebben opgevreten. Begraaf in elk geval wat er nog ligt. Tenslotte is ze toch een koningsdochter en ze . . .'

Hij nam een grote slok wijn en zei niets meer, bleef uren achtereen voor zich uit staren, voordat hij opstond om de rest van zijn bloedige opdracht uit te voeren: het uitroeien van de Baälspriesters en de rest van Achab's familie.

Jehu deed het als een dode, als iemand wiens geest gestorven is, terwijl zijn spieren nog leven, doorstak kleine kinderen alsof het biggetjes waren, zwangere vrouwen, zich wanhopig verdedigende mannen, gillende priesters en nog meer kinderen, rank en bruin als herten zoals het broertje van Nun.

Hij stonk en stoomde van het bloed toen de nacht viel. En zo, zonder zich te wassen, liet hij zich op het bed vallen, waarop die middag nog het gewonde lichaam van Joram had gerust.

Jahwe wiste zich het zweet van het voorhoofd. 'Dat is dat,' mompelde hij, schonk zich een dubbele whisky in, liet er wat ijsblokjes in vallen en drukte het knopje van de intercom in, terwijl hij haastig een eerste slok nam.

'Schrijf op, anders onthoud je het niet,' zei hij. '1. Laat Abraham weten dat zijn vrouw een zoon krijgt . . . Lach niet, kerel . . . Maak het maar een beetje mysterieus. Drie mannen uit de hemel of zo. 2. Zorg er op de een of andere manier voor dat de muren van Jericho instorten, nadat ze er zevenmaal omheen getrokken zijn. 3. En spreek me niet tegen, want ik vind het zelf ook ellendig: laat Titus de tempel van Jeruzalem verwoesten – *we'll come back there*. 4. Laat Golda Meir onmiddellijk represaillemaatregelen nemen voor die aanslag door de El Fatah.

Heb je alles? Goed. Zeg nu tegen Mike dat hij koers zet naar Jizreël . . . Wat zeg je? Welk jaar? Man, kijk dan op je lijst! 841-voor! En zeg dat hij direct naar me toe komt. Ik wil hem nog even spreken over die lachwekkende vredesonderhandelingen. Jarring kan voor mijn part doodvallen.'

Een tiental mijlen oostelijk van Jizreël begon het die nacht plotseling hevig te stormen.
Elisa, de profeet van Jahwe, zat met zijn rug tegen de stronk van een afgehouwen vijgeboom, zijn mantel over zijn gezicht geslagen.
Al spoedig ging de storm liggen en nu voelde hij de bodem onder zich heftig schudden.
Ook dat schudden ging voorbij en nu trok met een donderend geluid en felle bliksemschichten een onweersbui voorbij.
Tenslotte hoorde Elisa het bekende gesuis als van een zachte bries.
Dat is Jahwe, dacht hij . . .

'Hierheen,' hoorde hij een stem zeggen en zonder zijn mantel terug te slaan, greep hij tastend de hand van de ander en volgde hem, een trap op, een gang in, waar zijn voetstappen een naargeestig, hol geluid maakten.
Pas toen hij in Jahwe's kamer was sloeg hij zijn mantel terug.

'En?' vroeg Jahwe, opkijkend van een tijdmonitor.

Elisa knikte. 'U hebt het gezien. Jehu is aan de macht en alle tegenstanders zijn uitgeroeid.'

'Heel goed,' zei Jahwe. 'Ik heb je hier laten komen om een bepaalde strategie uit te stippelen in onze strijd tegen Syrië.'

De bespreking duurde geruime tijd.

Toen er niets meer te zeggen viel, maakte Elisa geen aanstalten om op te staan. Hij liet zijn blikken peinzend over de tijdmonitors glijden, weinig begrijpend van al die kleurige beelden.

'Wat is er?' vroeg Jahwe.

'Ik denk weleens . . .' zei Elisa aarzelend. 'Ik denk weleens: is het allemaal wel de moeite waard, die kleine rijkjes, Juda en Israël, waar we ons zo druk over maken. Ik heb gehoord dat die Assyriërs de laatste tijd beginnen op te dringen, een groot, krijgshaftig volk. Misschien ligt onze toekomst daar . . .'

Elisa keek Jahwe nu recht in de ogen.

'Zou het niet beter zijn mijn volk te laten schieten en met die lui in zee te gaan?' vroeg hij.

Jahwe knikte begrijpend.

'Van jouw gezichtspunt uit lijkt dat inderdaad heel verstandig, Elisa, maar ik kan het geheel beter overzien, begrijp je? Als er van die Assyriërs niks anders meer over zal zijn dan wat afgebrokkelde, gevleugelde stieren met mensenhoofden, dan is Israël nog steeds een macht van betekenis op aarde.'

Elisa knikte.

'U zult het wel weten,' zei hij.

Even later verliet de profeet van Jahwe het ruimteschip met nieuwe moed . . .

All-In Tour 19...

Het was de ochtend van de eerste pinksterdag in het jaar onzes Heren 19 . ., een koude ochtend met zo nu en dan wat regen. De kaarsrechte straat met de oude, zure gezichten van de huizen lag bijna geheel verlaten. Tussen de glimmende tramrails op de middenstraat liep een manke straatzanger die zijn onduidelijke lied een dwaas accent gaf door telkens met veel nadruk een verkeerde noot te zingen, als zijn horrelvoet met een doffe plof neerkwam. Zo nu en dan werd ergens een raam opengeschoven en dan haastte hij zich naar de huizenkant.

Ondanks de lange zwarte mantel die ze droeg, huiverde het meisje. Ze scheen alles zeer belangwekkend te vinden en keek de straatzanger na tot hij om de hoek verdwenen was. Toen liep ze verder, een beetje glimlachend, als bij een prettig vooruitzicht.

Na enige tijd bleef ze aarzelend staan bij een tamelijk groot, laag huis. Alleen de drie smalle ramen die van boven toeliepen in een punt – een zwakke poging tot gotiek – verrieden dat het een soort kerk betrof.

Ze bleef wachten tot de eerste kerkgangers verschenen, de mannen in nauwe, zwarte pakken die hen waarschijnlijk gepast moesten hebben toen ze jong waren, de vrouwen, en zelfs de jonge meisjes, met donkere jurken aan en dito kousen, het haar opgespeld tot een knoet, waarop de grote, zwarte strooien hoed rustte.

De vrouwen die haar al vanuit de verte hadden zien staan, keken niet en klemden hun bleke lippen opeen, terwijl ze het meisje passeerden, de mannen wierpen een schuwe blik in haar richting. Haar lange blonde haar hing los en golfde over haar zwarte mantel.

Het meisje liep achter de laatste vrouw de kerk binnen, ging bescheiden op de bijna lege achterste bank zitten en keek nieuwsgierig rond. De vrouwen en meisjes staarden onheilspellend recht voor zich uit; de mannen stonden te bidden, het hoofd godvrezend gebogen.

Na een paar minuten kwam uit een deur in de kale, gewitte zijmuur een somber kijkende man te voorschijn, eveneens met een zwart pak aan. Hij ging achter de katheder vooraan in de kerk staan en monsterde zwijgend het groepje kerkgangers, voordat hij zijn ogen sloot, zijn handen vouwde en hardop begon te bidden. Zijn galmende stem deed het meisje even schrikken.

God die almachtig zijt en groot, iedere dag verkondigt Gij de werken Uwer handen. Nu wij hier op Pinkstermorgen verzameld zijn, bidden wij u, wil met ons zijn en geen acht slaan op onze zonden . . .

Na het langdurige gebed gaf hij de toon aan voor een langzaam en gedragen lied.

De man die een paar meter verder op de achterste bank zat, schoof het blonde meisje een zwart boekje toe dat openlag bij de bewuste psalm.

Geloofd zij God met diepst ontzag,
Hij overlaadt ons dag aan dag
met Zijne gunstbewijzen . . .

Ze probeerde zachtjes mee te zingen, maar gaf het al spoedig op. Iedere noot werd zo lang aangehouden dat ze iedere keer buiten adem raakte.

Toen het lied uit was, sloeg de man achter de katheder een dik boek open, waaruit hij begon voor te lezen. Gespannen luisterde het meisje naar de woorden, een vonkje van heimelijke pret in haar lichtblauwe ogen.

En als de dag van het Pinksterfeest vervuld werd, waren zij allen eendrachtelijk bijeen.

En er geschiedde haastelijk uit den hemel een geluid, gelijk

*als van eenen geweldigen, gedrevenen wind, en vervulde het
geheele huis, waar zij zaten.*

*En van hen werden gezien verdeelde tongen, als van vuur, en
het zat op een iegelijk van hen.*

*En zij werden allen vervuld met den Heiligen Geest, en be-
gonnen te spreken met andere talen, zooals de Geest hun gaf
uit te spreken.*

*En er waren Joden, te Jeruzalem wonende, godvruchtige man-
nen van allen volken dergenen, die onder den hemel zijn.*

*En als deze stem geschied was, kwam de menigte samen, en
werd beroerd, want een iegelijk hoorde hen in zijne eigene taal
spreken.*

*En zij ontzetten zich allen, en verwonderden zich, zeggende
tot elkander: Ziet . . .*

Het meisje deed iets onduidelijks en plotseling vloog de deur
open, waaruit de sombere man te voorschijn was gekomen.
Een harde windvlaag sloeg een paar bladzijden van de bijbel
die op de katheder lag ritselend om, stoeide met het steile,
donkerblonde haar van de voorganger, rukte zwarte strooien
hoeden van vrouwenhoofden, trok haarspelden los en liet hun
haren wapperen, psalmboekjes door de lucht vliegen . . .
Plotseling waren daar ook de vurige tongen, eerst een grote
vlam, zich geleidelijk splitsend in kleine vlammetjes die zich
verdeelden over de hoofden van de aanwezigen.
Alleen het hoofd van het blonde meisje bleef zonder vlam.
Oh, Holy Ghost, I welcome Thee in our midst! galmde de
voorganger extatisch.
Een vroom gemompel van stemmen dat geleidelijk in sterkte
toenam, begon de kleine ruimte te vullen. Hier en daar kwamen mensen uit hun banken overeind, een voorbeeld dat al
spoedig door de anderen werd gevolgd.
De man die bij het meisje in de bank zat, ging ook staan en
schreeuwde met overslaande stem: *Spiritus Domini replevit
orbem terrarum, alleluja! Spiritus replevit orbem terrarum!*

89

Telkens opnieuw.

Een vrouw met woest wapperende grijze haren gilde boven alles uit: *Kenal! Kenal! Vatie kenal kwerie! Kenal!*

Het meisje had een kleur van opwinding gekregen en gaf met haar kleine handjes een roffel op de bank. De voorganger bood een fascinerende aanblik. Zijn bovenlichaam en zijn armen zwaaiden heen en weer, hij trappelde met zijn voeten onder het ritmische geroep van: *The Holy Ghost! Hip, hee! The Holy Ghost! Hip, hee!*

Geleidelijk stierf het vuur der vervoering uit. Enkele stemmen stamelden nog wat vreemde, onverstaanbare woorden. Toen werd het stil. Alle kerkgangers waren weer gaan zitten en keken elkaar bevreemd en verontrust aan, nerveus schuifelend met hun voeten. Sommige vrouwen staken een pepermuntje in hun mond.

Opeens sprong de man die naast het meisje zat weer overeind. Hij wees naar haar, terwijl er een stroom van Latijnse klanken van zijn lippen rolden. Zijn gezicht was een mengeling van purper en blauw.

Het geroezemoes zwol weer aan. Alle kerkgangers draaiden zich om en keken haar dreigend aan, de vlammen wapperend boven hun hoofden. Sommigen begonnen weer luid te roepen, woedend dat ze elkaar niet konden verstaan.

Ze begonnen achter elkaar uit de banken te schuiven en kwamen met dreigende gezichten op haar toe.

Het meisje kromp angstig ineen en deed weer iets onduidelijks, waarbij haar hele lichaam betrokken scheen.

Opeens doofden alle vlammen en – soms midden in een zin – begonnen de kerkgangers elkaar weer te verstaan.

She is the duivel haarzelf! schreeuwde de voorganger, op een vreemde manier van de ene taal op de andere overschakelend, en stak een beschuldigende vinger naar haar uit. *Zij is des doods schuldig!*

Gegrepen door een panische angst vloog ze naar de deur,

schoot de straat op en bleef rennen tot ze niet meer kon. Het was weer begonnen te regenen en ze ging in een portiek staan om te schuilen en weer op adem te komen . . .

Een paar dagen later zat het meisje uitvoerig haar ervaringen te vertellen in de ruime eetzaal van *De Vliegende Schotel* die haar naar Wega terug zou brengen.

'Soms was het wel eens griezelig, hoor,' zei ze. 'Maar toch heb ik me dikwijls rot moeten lachen. Ik vind het een ontzettend goed idee, die All-In Tours naar de Aarde. Vooral die pinkster-ochtend was een giller!'

'Pinksterochtend? Wat is dat nou in Jiepsnaam?' vroeg een van de mannen die tegenover haar zat.

'Tja,' antwoordde ze peinzend, 'hoe moet ik dát nou in een paar woorden uitleggen . . .'

Lieve Tom, lieve Dave...

Eindelijk was Charles zo ver. Het was al half vijf op de grote klok.

Ze zag het aan de envelop, groot en wit, nogal grof van papier.

Snel begon ze weer te typen, haar eigen achtvingers-systeem waarbij haar kleine kromme pinken wat hulpeloos meespeelden, als kleuters die vergeefs proberen mee te doen met een onbegrijpelijk spelletje van volwassenen.

Zo nu en dan, als ze een snelle blik wierp op de man aan het bureau tegenover haar, tikte ze woorden als *doe* en *zolas* in plaats van *die* en *zoals*. Ze begon dan driftig te stuffen met haar gumpotlood.

Charles Boelens, chef lectuurredactie – een halve leesbril en dofrood haar dat elke paar maanden zichtbaar terrein verloor – haalde de knisterende velletjes papier traag uit de envelop, legde ze op zijn bureau en begon op z'n dooie gemak een sigaret te draaien.

Daarna veegde hij omslachtig de op zijn vloeiblad gevallen tabaksdraadjes op zijn knieën en begon een rondreis door zijn vele zakken om zijn aansteker te zoeken, waarbij hij vals tussen zijn voortanden floot.

'Daar Charles, achter die stapel mappen,' zei ze.

'O, dank je, Anne.'

Ze zag zijn oude, sproetige hand achter de mappen grabbelen en de aansteker pakken. Driftig begon ze weer te typen.

Nadat hij de sigaret had aangestoken, een paar maal zijn keel had geschraapt en zijn lege theekopje had verzet, begon hij tenslotte aan het verhaal.

Anne keek op de klok en zuchtte. Bijna kwart voor vijf.

Als de eerste zinnen hem niet aanstonden, schoof hij het manuscript misschien wel weer opzij en dan moest ze alles tot
morgen uitstellen.

Nerveus stak ze ook maar een sigaret op en leunde even achteruit.

Goddank, hij las door. Zo af en toe zag ze zijn lippen bewegen
en hoorde ze hem iets mompelen.

'Is het wat, Charles?' vroeg ze schijnbaar achteloos, toen hij
aan de voorlaatste pagina bezig was.

'Hè? . . . O ja, helemaal niet gek. Alleen . . .'

Charles Boelens drukte met zijn knokige rechterwijsvinger de
chronisch afzakkende leesbril wat omhoog.

'Alleen . . .?' Haar stem klonk gespannen, maar hij was weer
in het verhaal verdiept en scheen haar niet te horen.

Hij vindt het goed, dacht ze, het is aan zijn gezicht te zien,
aan zijn onderlip. Die steekt hij altijd naar voren als hij iets
goed vindt.

Een warm gevoel verspreidde zich in haar borst; haar schouders en hals werden er klam van. Charles, *hij* begreep haar,
zoals een vader zijn dochter, begreep dat een tere, tengere
vrouw zich wel moest verdedigen.

Lieve, lieve Charles, dacht ze, als *hij* het goed vindt, dan is
het ook goed . . .

Ze legde een koude hand langs haar verhitte linkerwang en
beet haar tanden op elkaar om het trillen van haar onderkaak
tegen te gaan.

Ze moest kalm zijn, heel kalm . . .

Hij had het manuscript inmiddels opzijgeschoven en keek peinzend langs haar heen.

'Heb je het ook gelezen?' vroeg hij.

Ze knikte stom.

Hij pakte de envelop en keek naar de afzender.

'Vreemd,' zei hij. 'Stan Daal. Zegt me niks die naam, en
toch . . .'

Ze nam een diepe haal van haar sigaret om niet al te haastig te reageren.

'En toch?'

'Het lijkt wel of ik zo'n soort verhaal al eens meer gelezen heb, en nog niet zo gek lang geleden . . . over een moord met een pincet of zo.'

Met trillende vingers duwde ze de sigaret uit. Ze moest het nu wel zeggen. Het zou vreemd zijn als het hem als eerste te binnen schoot, terwijl zíj alle betalingen deed.

'Ja, nou weet ik het weer,' zei ze. 'Er was iets raars aan de hand met die betaling. Het honorarium voor dat verhaal kon volgens de giro niet worden gestort, want het gironummer van die auteur . . . hoe heette die ook weer? . . . dat nummer bestond niet en het adres evenmin.'

Hij keek haar peinzend aan, de bril weer halverwege zijn neus.

'Ja, vreemd was dat. Dat briefje van ons kwam ook onbestelbaar retour. Hoe heette die kerel ook weer? Bert Kooi of zoiets.'

'Ik kan het wel even nakijken.'

'Nee, laat maar zitten.'

Hij stond op en legde het verhaal naast haar Olivetti.

'Dóen?' vroeg ze.

'Ja, doe het maar . . . Alleen moet je erop letten dat we die verhalen niet al te snel na elkaar plaatsen, anders merken de lezers dat ze zo op elkaar lijken. En de titel moet beslist anders. *De moord met het nagelschaartje* lijkt me niet zo geschikt. Kun jij misschien een andere titel verzinnen?'

Anne knikte. Ze had er al over nagedacht.

'*Lieve Tim, lieve Jim,* wat vind je daarvan?' vroeg ze.

'Niet onaardig op het eerste gehoor,' vond hij en ging naar de hangkast om zijn jasje aan te trekken.

Even later op straat schoot hem plotseling de juiste naam te binnen. Bert Flo heette die vent. Hij had toen nog gedacht dat die schuilnaam wel eens het omgekeerde zou kunnen zijn van Flaubert, de Franse schrijver.

En nu die Stan Daal. Dat pseudoniem was natuurlijk geïnspireerd door Stendhal, ook een Fransman.

Misschien waren die Bert Flo en die Stan Daal wel een en dezelfde persoon!

Vreemde kerel . . . Of was het misschien een vrouw? De stijl wees een beetje in die richting en ook de hoofdpersoon, de moordenares, was een vrouw. Misschien had de schrijfster die moorden zelf wel . . . Dat gefingeerde adres . . . Ach, onzin natuurlijk.

Hij zag in de verte bus 54 aankomen en begon sneller te lopen. Misschien haalde hij hem nog net . . .

Een half uur nadat Charles Boelens was vertrokken en Anne ook de andere redacteuren had horen weggaan, haalde ze het laatste vel papier uit de machine en begon op te ruimen.

'Ja, doe het maar,' had Charles gezegd. Hij had er zijn fiat aan gegeven.

Ze begon een beetje te giechelen.

Altijd doen wat vader zegt, Anne, dacht ze, terwijl ze de hoes netjes over de machine deed.

Toen ze in de toiletruimte voor de spiegel stond om haar lippen nog wat bij te werken, glansden haar ogen koortsachtig.

Ze lachte nerveus naar haar spiegelbeeld, veegde met een vlugge spuugvinger haar wenkbrauwen glad en haastte zich door de lange, smalle gang naar de voordeur.

Bijna zes uur, zag ze op haar horloge toen ze buiten stond.

Zo kalm mogelijk liep ze naar Harry's Bar waar ze bijna elke avond nog even wat ging drinken voor het naar huis gaan.

Tom bleek er al te zijn. Hij zat aan het andere eind van de bar, met zijn grote, blonde gezicht naar de deur. Ze zag zijn ogen oplichten toen ze binnenkwam.

Ze schoof naast hem op een kruk en zonder iets te vragen schonk Harry een sherry voor haar in. Haastig nam ze een

eerste slokje, voordat ze Tom haar gezicht toewendde voor een kus.
'Hoe was het vandaag, liefje?'
'O, wel goed. Alleen duurt de middag zo lang, als ik 's avonds met je heb afgesproken. Ik kijk op de klok, kijk na een uur weer en dan blijkt het pas een kwartier later te zijn.'
'Tijd is relatief.'
'Ja.'
Ze glimlachte en liet haar ogen over zijn gezicht dwalen. Het trof haar weer dat hij zo bijzonder veel op Dave leek, diezelfde lichtbruine ogen en net als bij Dave was niet alleen zijn haar, maar zijn hele gezicht blond.
Ze schoof haar hand onder de zijne. Hij had sterke handen, griezelig sterk en toch mager, mager en knokig.
'Wat kijk je?' vroeg hij.
'Naar je handen.'
Hij zag dat ze even huiverde en duwde zijn neus in haar dikke, donkerblonde haar, snoof de geur ervan op die hem deed denken aan een zomers dennenbos.
Misschien vanavond, dacht hij. Er was de laatste weken iets meer vertrouwelijkheid tussen hen gegroeid, maar hij voelde zich in haar gezelschap nog steeds een beetje onzeker. Soms bleef haar lichaam koud en strak als hij haar omhelsde en wendde ze als bij toeval haar hoofd af wanneer hij haar wilde kussen. En haar stemmingen waren broos. Hij moest haar voorzichtig behandelen, als kristallen glaswerk. Misschien had ze een of andere grote teleurstelling achter de rug, waar ze maar moeilijk overheen kon komen.
Vanavond, dacht ze, vanavond. Ze voelde de huid van haar gezicht prikken van de spanning. *Charles had het goed gevonden.* Daar moest ze zich vooral aan vastklampen.
Haar glas was leeg, zag ze, en ze schoof het over de bar in Harry's richting.
Hij glimlachte haar toe en vulde het opnieuw. Ook een heel

lieve jongen, Harry. Jammer dat je ze nooit vertrouwen kon, al die lieve jongens. Ze probeerden je mee te slepen, onder water, onder de grond, ergens heen waar je niet wilde zijn, waar je helemaal weerloos was. En dan probeerden ze het leven uit je te wringen. Gelukkig dat ze niet gek was en dat die jongens altijd zo ingespannen bezig waren en helemaal niets merkten van wat je zelf deed.

Ze keek weer naar Tom's handen, streelde ze en stelde zich voor hoe die grote, benige handen zich rond haar keel zouden sluiten, als ze samen met hem in bed lag, net als vroeger met Dave. Dave die haar een paar keer bijna had gewurgd, omdat zij niet wou wat hij wilde: zich laten meezuigen door een wilde, wervelende draaikolk, waar ze geen macht meer had over zichzelf.

Lieve Dave ... Soms huilde ze als ze aan hem dacht. Wat moest hij daar koud en akelig liggen onder dat cement ...

Lieve Tom ... Vanavond zou ze hem laten begaan en afwachten, kijken, voelen of hij net zo was als Dave.

Ze huilde inwendig, met droge ogen, voelde tranen in haar keel lopen en slikte ze weg.

'Wat is er, Anne?'

Zijn stem klonk lief en donker en ze voelde een onweerstaanbare drang om haar hoofd op zijn schouder te leggen.

Tom sloeg zijn rechterarm om haar heen en ze leunde met haar hoofd tegen zijn borst.

'Tom.' Ze begon zachtjes tegen hem te fluisteren, verwarrende woorden, heel lief en teder. Wat was ze toch lief. Ze vond zichzelf oneindig lief.

Zijn lichtbruine ogen begonnen te glanzen en zijn stem trilde een beetje toen hij vroeg: 'Vanavond?'

'Vanavond,' antwoordde ze. 'Wil je het graag, Tom?'

Ze voelde zijn antwoord meer dan ze het hoorde. Ze hoorde het gonzen van zijn stem in zijn borst en zijn ademhaling ging sneller ...

'Eerst gaan we gezellig samen eten,' fluisterde ze in zijn oor. 'Heel de avond moet zalig zijn, één lange droom van begin tot eind. Vind je niet, Tom? Eten bij kaarslicht, dan een film, stil naar huis wandelen . . .'

Hij drukte haar tegen zich aan.

'Bij jou thuis? Is daar niemand die . . .'

Ze legde haar koele vingers op zijn mond en maakte zich van hem los.

'Betaal maar gauw, schat, dan gaan we.'

De avond had dat wazige blauw dat bij zijn stemming paste. Alle mensen op straat en op de terrasjes schenen zich dromerig te bewegen en hun gezichten drukten hoop en verwachting uit. Ze keken in de verte en schenen daar iets te zien, iets dat licht was en door de lucht zweefde.

De anders zo felle reclamelichten waren gehuld in een waas dat de scherpte eraan ontnam en de bomen op de markt stonden doodstil te glimlachen, alsof ze mediteerden over iets fijns. Ze aten in een klein eethuis en zagen de flauw bewegende kaarsvlammen in elkaars wijde pupillen weerspiegeld. Zo nu en dan viel er een enkel woord, een enkele zin.

'Gelukkig?'

'Jij?'

'Zag je de kelner fijntjes glimlachen?'

'Hij vermoedt iets.'

'Wijn geeft me zo'n fijn gevoel van binnen.'

'Dat is nog maar een voorproefje, schat.'

'Schoffie.'

Tijdens de klucht waar ze na het eten heengingen, sloeg Anne's stemming om. Ze leek uitgelaten, haar ogen schitterden en tijdens de pauze praatte ze aan één stuk door. Hij moest voortdurend naar haar prachtige witte tanden kijken, waarvan de voorste twee een tikje scheef stonden, en naar het kleine, roze vogeltje van haar tong dat bekoorlijk rondfladderde.

Het stuk had totaal niets om het lijf, maar ze lachten onbedaarlijk, vooral om een acteur die volgens Anne op Charles Boelens leek en in de loop van het spel telkens iets brak. Eerst zijn enkel, toen hij over een dikke kokosmat struikelde, daarna zijn arm bij een poging om een gat in het plafond te boren, waardoor hij 'haar van boven' kon begluren. De acteur viel spectaculair van de ladder en kromp levensecht van de pijn.

Tenslotte brak hij ook nog een been en wat een mens nog allemaal meer kan breken... zijn sleutelbeen en twee ribben, toen er een wasmachine door het plafond zakte en bovenop hem viel, een fopding van triplex natuurlijk. En om het stuk naar een climax te voeren brak hij aan het eind van het laatste tafereel ook nog zijn nek...

Tom schokte van het lachen, hing slap in zijn stoel toen het doek viel, maar Anne lachte niet meer. Ze staarde met bange ogen strak voor zich uit, haar lichaam star rechtop.

Ze was zenuwachtig toen ze de schouwburg verlieten en reageerde bijna niet op zijn aanwezigheid, gaf hem nauwelijks antwoord en haar lichaam voelde hard en stijf aan, als droeg ze een corset uit de vorige eeuw.

Tom kreeg een onbehaaglijk gevoel. Vreemd, dat plotselinge wisselen van haar stemmingen. Eerst lief en teder, dan uitgelaten en nu weer akelig stil en teruggetrokken.

Hij moest maar heel lief voor haar zijn.

Ze liepen gearmd door het stille centrum naar de nog stillere buitenwijk, waar Anne ergens moest wonen. Hij wist niet eens waar, kende de wijk nauwelijks.

Ze kwamen bij een brede singel met zwart roerloos water. Hoog boven hun hoofden, langs de blauwzwarte hemel, vlogen twee luid kwakende eenden over. Het wolkendek was gebroken en in het noorden waren alle sterren helder zichtbaar. Hij zocht de hemel af naar Andromeda.

'Anne.'

'Ja?'

Hij sloeg zijn arm om haar heen en drukte haar zacht tegen zich aan.

'Weet je hoe ik je in gedachten noem?'

'Nee.'

'Andromeda.'

Het was maar een plotseling invallende gedachte, iets om het drukkende zwijgen te verbreken.

'Waarom?'

'Andromeda was een sprookjesprinses uit de Griekse mythologie.'

'Zo.'

'Een dochter van Cassiopeïa en haar moeder zei dat ze mooier was dan de Nereïden. Dat waren beeldschone zeenimfen.'

Ze waren stil blijven staan, zij met gebogen hoofd, nog altijd wat teruggetrokken.

'Poseidon werd daar ontzettend kwaad om. Poseidon was de god van de zee. Hij stuurde een zeemonster naar Ethiopië om dat land te vernietigen.'

'Waarom Ethiopië?'

'Dat was het land van Andromeda. Er was maar een mogelijkheid om de ramp af te wenden: Andromeda moest worden geofferd.'

Hij voelde dat ze even rilde en zweeg.

'Vertel verder.'

'Ze moest aan een rots worden vastgeketend om als voedsel te dienen voor het zeemonster. Toen kwam de held Perseus. Hij doodde het monster en nam Andromeda als zijn bruid mee naar Argos.'

Ze keek glimlachend naar hem op en gaf hem een speels tikje op zijn neus.

'Perseus,' zei ze.

Toen ging ze op haar tenen staan en kuste hem zoals ze nog nooit tevoren had gedaan.

'Kom,' zei ze na een ogenblik. 'We zijn er bijna.'

Ze was weer rustig en lief zoals tijdens het eten. Andromeda scheen te hebben geholpen.

Na een minuut of vijf stonden ze bij de voordeur van een eengezinswoning die er vriendelijk uitzag met zijn glanzende voordeur en gedeeltelijk houten voorgevel.

'Even kijken of alles veilig is,' zei ze, stak de sleutel zachtjes in het slot en opende de deur. Ze sloop naar binnen, keek even om, naar hem knipogend, en deed toen de deur voor zijn neus dicht.

Tom was verbluft door deze plotselinge manoeuvre en keek boos door het ruitje van de voordeur. Alles was donker en stil.

Hij draaide zich om. De struiken in de kleine voortuin bewogen zacht ritselend heen en weer. Een oude krant op de middenstraat waaide op, stond even recht overeind en duikelde om. Hij voelde zich plotseling eenzaam.

Hij wachtte . . .

Net toen hij dacht dat ze wel niet meer zou komen opdagen, ging de deur open. Ze had een grote boodschappentas bij zich en hij merkte op dat ze een ander jurkje aan had.

'Wat is er? Iets mis?' vroeg hij.

'Ssst,' zei ze, 'mijn hospita is nog op. Het kan niet.'

Hij keek naar de tas.

'Een hotel?'

Ze schudde van nee, gaf verder geen uitleg.

Ze liepen door de stille straten. Een eind verder stak een poes de straat over en verdween tussen twee huizen.

'Waar gaan we heen?'

'Dat zul je wel zien.'

Na een poosje kwamen ze aan de rand van de buitenwijk, waar ze nieuwe huizen aan het bouwen waren.

Ze nam hem mee, een holle, bijna afgebouwde woning binnen waaraan alleen nog het glas en het stucwerk ontbrak en liep via de keuken weer naar buiten. Er stonden een paar oude linden die op het erf hadden gestaan van een boerderij, waarvan alleen de fundamenten nog zichtbaar waren. Hij liep achter haar aan, langs een paar zakken cement, langs een oude waterput.

Midden op het grasveld bleef ze staan en keerde zich om. Ze ademde hoorbaar.

'Wat denk je van dit plekje?' vroeg ze.

Zonder zijn antwoord af te wachten haalde ze een stuk plastic uit haar tas, spreidde het uit, trok het glad en ging liggen. Hij aarzelde.

Het stelde hem teleur te ontdekken dat ze tenslotte maar een meisje bleek te zijn dat je tussen de struiken kon versieren. Hij keek in het rond. Hij hield niet van al die ruimte om zich heen als hij . . .

'Kom,' zei ze en strekte haar hand uit.

Vaag had hij het gevoel dat ze hier al eerder was geweest, waarschijnlijk met een andere man. Misschien nog niet eens zo heel lang geleden.

'Kom.'

Haar gezicht was grijs en geheimzinnig.

Tenslotte ging hij onhandig naast haar liggen op het krakende plastic.

Het duurde lang eer hij het initiatief nam.

De linden kraakten in de wind die in kracht was toegenomen en vanuit de verte drong vaag het geluid tot hem door van auto's die op de randweg reden.

'Liefste,' zuchtte ze.

Hij begon haar te strelen, eerst schuchter en heel langzaam. Na enige tijd drong zijn hand voorzichtig haar kleren binnen. Zijn adem stokte toen hij de warmte van haar huid voelde. Ze bleek lief en gewillig, actief ook in het begin. Ze was hem behulpzaam bij het uitdoen van haar kleren, slechts een beha, een slipje en een dunne jurk. Wit en stil lag ze daarna in de blauwgrijze schemering.

Ze had haar kleren een eind verderop in de struiken gegooid en wachtte af. Hij was eindeloos lief, maar ze bleef op haar hoede, hield al haar spieren gespannen.

Ze verstrakte naarmate hij heviger zijn best deed om haar te bevredigen en bewoog zich nauwelijks, sloeg zelfs haar armen niet om zijn nek.

Zo nu en dan zuchtte hij diep. Hij begon zich belachelijk te voelen en drukte haar tenslotte zo heftig tegen zich aan dat ze naar adem snakte en een kreet van pijn slaakte.

Zie je wel, dacht ze en liet zich even gaan om de juiste houding te vinden, verstarde dan weer onmiddellijk, uit angst door zijn hartstocht in een dodelijke draaikolk te worden meegesleept.

Haar hoofd bleef helder. Ze had de plaats goed in haar geheugen, want ze had op de redactie een gedetailleerd en uitbundig gekleurd plaatwerk over anatomie bestudeerd.

Behoedzaam bewoog haar hand met het nagelschaartje in de richting van zijn hals.

Op het juiste moment, net toen hij het maar opgegeven had en alleen nog maar aan zichzelf dacht, stak ze toe.

Hij uitte een rauwe kreet en ze voelde het lauwe bloed in haar eigen hals spuiten. In paniek wrong ze zich los en sprong buiten het bereik van zijn klauwende handen overeind.

Daarna vluchtte ze achter een van de linden en bleef staan kijken. Hij kwam wankelend overeind, haalde rochelend adem, probeerde iets te roepen, maar het was of zijn mond vol zeewater liep en het geluid reikte niet ver. Hij liep een poos waggelend rond, alsof hij blind was, of als een haan die men de kop heeft afgesneden, en knakte tenslotte tegen de grond.

Toen ze zeker wist dat hij dood was, sleepte ze zijn zware lichaam naar de put en duwde het over de rand. Een doffe plof in de diepte en Tom's lichaam rustte dicht bij dat van Dave, slechts door enkele zakken cement ervan gescheiden.

Bijna alles was gegaan zoals ze het had gezien toen ze het verhaal schreef, alleen had het een film moeten zijn over diepzeeduiken en geen klucht over een man die al zijn beenderen brak.

'Lieve Tom, lieve Dave,' fluisterde ze.

Met trillende handen haalde ze een handdoek en een thermosfles met lauwwarm water uit haar tas. Zorgvuldig begon ze zich te wassen, droogde zich af en wierp ook de handdoek in de put. Daarna sloot ze het graf met de inhoud van twee zakken cement die bij de keukendeur lagen.

Pas toen trok ze haar kleren weer aan.

Met haar tas aan de hand, alsof ze midden in de nacht wat boodschappen was wezen doen, liep ze naar huis terug. Ze huilde en voelde de tranen langs haar wangen in haar hals lopen. 'Lieve Tom,' fluisterde ze, 'ook jij . . .'

De volgende avond – het was even over zessen en ze nam net een slokje van haar tweede glas sherry – vroeg Harry: 'Komt *hij* niet vanavond?'

'Nee, dat is afgelopen,' zei ze en glimlachte een beetje triest.

Hij keek haar peinzend aan.

Onbegrijpelijk, zo'n schat van een kind, dacht hij.

'Ik . . .' Haar stem klonk als een korte droge snik.

Hij leunde naar haar over. 'Wat is er? Kan ik je helpen?' vroeg hij zacht.

'Ik . . . ik heb hard een beetje troost nodig, Harry,' zei ze en hij zag dat haar mond beefde.

Harry keek op de klok en zei: 'Over een kwartier komt Vic. Zullen we dan een stukje gaan eten in de stad, wij samen?'

Ze schoof haar hand onder de zijne en knikte.

'*Lieve Harry*,' zei ze bijna onhoorbaar en haalde een zakdoekje uit haar tas om haar neus af te vegen. Ze hoorde iets op de grond vallen Een uitzonderlijk scherp geslepen nagelvijltje. Haastig raapte ze het op.

De twee gekken

Armand was de ene gek – bijzonder rijk en een verwoed schilderijenverzamelaar, vooral van Picasso's. Hij heet eigenlijk anders, maar zijn echte naam noem ik niet, want anders krijg ik dat stelletje advocaten van hem op mijn nek en die hebben beslist geen gaatje in hun hoofd.

Merkwaardig trekje van Armand: als hij een beetje kwaad was, voelde hij altijd een onweerstaanbare drang in zich opkomen om kopjes te gaan afwassen. En naar men zegt heeft hij zich eens bijna van het leven beroofd, toen alle kopjes schoon bleken te zijn.

Raoul was de andere gek – allerminst rijk en een fanatiek liefhebber van schilderkunst, vooral van Picasso's werk. Hij liep dan ook alle tentoonstellingen van deze grote meester af en liftte er desnoods voor naar Amsterdam als er daar een was.

Merkwaardig trekje van Raoul: hij was altijd bang om kou te vatten en liep zelfs bij een temperatuur van dertig graden Réaumur in de schaduw met een wollen sjaal om zijn hoofd gewikkeld, alleen buiten wel te verstaan. Binnenshuis liep hij doorgaans naakt.

Het verhaal begint met Raoul. In het Musée des Beaux Arts was er een overzichtstentoonstelling te zien van Picasso's werk uit de tweede helft van de jaren dertig. U kent die schilderijen vermoedelijk wel: *Vrouw, Gezicht, Vrouw met glimlach, Nachtelijke visvangst te Antibes.* .

Armand was 's morgens na het kopjes afwassen even wezen kijken, maar Raoul zwierf er de hele dag rond.

'Ha, daar heb je gekke Raoul weer,' zeiden de suppoosten tegen elkaar, als ze hem hun zaal zagen binnenkomen, want ze hadden hem in de loop der jaren goed leren onderscheiden van de meer normale idioten.

Soms bleef hij wel een uur lang voor een van de schilderijen staan, bijvoorbeeld bij *Mannenkop met hoed.* Hij raakte dan helemaal in trance, maakte met zijn handen een hoed, rekte zijn ooghoeken uit en stopte zijn vingers tot aan het derde kootje in zijn neusgaten.

Voor het overige gebeurde er echter niets bijzonders die dag. Na sluitingstijd ging Raoul gewoon naar huis, een armoedig zolderkamertje in een van de straatjes achter de Boulevard de Rochechouart, waar hij voor het naar bed gaan nog wat op een korstje brood kauwde en een slok goedkope wijn dronk.

Maar de volgende ochtend ...

Toen hij zich wilde gaan scheren, dacht hij aanvankelijk dat de spiegel de afgelopen nacht in stukken was gebarsten en op een merkwaardige manier verweerd was. Hoewel, hoe zou zo'n spiegel in een enkele nacht zo kunnen verweren?

Zijn ochtendsufheid verdween al spoedig, toen hij merkte niet alleen in de spiegel te kunnen kijken, maar ook een uitstekend uitzicht te hebben op de stoel schuinlinks achter hem, waar zijn voddige kleren overheen hingen.

De plaatsing van zijn rechteroog was nog vrij normaal: omtrent halverwege de rechterhelft van zijn voorhoofd, hoogstens dus een centimeter of twee meer naar boven. Maar het linker waarmee hij de stoel kon zien, zat midden op zijn linkerwang geplakt, hing zelfs een beetje los en liep uit op een eigenaardig driehoekig oor. In het andere oor zat een knoop en zijn neusvleugels waren met geen pen te beschrijven, hoogstens met Picasso's meesterpenseel.

Met andere woorden: Raoul merkte dat hij een echte, onvervalste Picassokop had gekregen.

Nu was Raoul wel gek, maar zo gek nog niet of hij besefte dat zijn leven vrij moeilijk ging worden. Hij herinnerde zich hoeveel moeite het hem had gekost om de mensen in zijn omgeving ervan te overtuigen dat die sjaal om zijn hoofd geen onzin van hem was, maar pure noodzaak. In het begin hadden slechts zijn ijzeren wil en volharding hem op de been kunnen houden.

Na de eerste opwinding die enkele dagen duurde (extase is misschien een beter woord) gedurende welke hij zijn kamer afsloot en niemand wilde zien – de buren zagen zo nu en dan zijn magere rechterhand als hij een banaan of een stuk stokbrood aanpakte – waagde hij zich tenslotte toch weer buiten, uiteraard met de wollen sjaal rond zijn hoofd gewikkeld die alleen zijn rechtervoorhoofdsoog vrijliet.

Nu komt Armand op de proppen. Deze stinkend rijke idioot beschikte vanwege zijn vele geld over een groot aantal agenten die altijd maar weer op zoek waren naar stukjes Picasso, het gaf niet wat het was: schilderijen, aardewerk of scherven ervan, tekeningen, snippers papier, al was het maar met een enkele Picassopotloodstreep erop, brieven met zijn handschrift . . . als het maar echt Picasso was.

Al vrij spoedig was het nieuws tot Armand doorgedrongen dat Raoul die hij oppervlakkig van tentoonstellingen kende, met een Picassokop rondliep, waarschijnlijk een nieuw plastisch-chirurgisch experiment van de aartsvirtuoos. Nu liep deze Raoul – en dat wist iedereen – wel altijd met een dikke wollen sjaal rond zijn hoofd gewikkeld, en naar het scheen nu ook binnenshuis – maar er waren mensen die een glimp van zijn gezicht hadden kunnen opvangen, zijn hospita, een of andere kroegbaas bij wie hij wel eens een petit Marc dronk, en een buurman van de vijfde verdieping.

'Haal die vent hier, hoe dan ook,' zei Armand tegen een van zijn agenten. 'Ik mot 'm zien.'

Dat bleek echter niet zo eenvoudig, want Raoul sloot zich het grootste deel van de dag in zijn kamer op en als hij zich al buiten waagde, dan was het meestal voor slechts zeer korte tijd.

Een keer had de bewuste agent hem bijna te pakken.

Hij had hem de deur van zijn woning zien binnenglippen, was hem achterna gegaan, had hem bij zijn schouder gepakt en getracht hem met geld en poeslieve woorden mee te tronen, maar Raoul had de opdringerige kerel gemeen in de liezen getrapt en was als een haas zijn kamer binnen gevlucht.

Geen wonder dat Armand in die tijd meermalen kopjes afwaste en desondanks zijn agent stijfvloekte.

'Haal die kerel hier, verdomme,' schreeuwde hij op zekere dag. 'Dood of levend! Spuit hem desnoods vol met stuff, maar breng hem hier!'

Tenslotte lukte het. De agent overmeesterde Raoul na twee dagen posten, toen deze te middernacht zijn huis verliet om een glas Marc te gaan drinken, spoot hem zo vol stuff dat hij minstens vierentwintig uur van de wereld zou zijn en kidnapte hem.

Nog geen kwartier daarna lag een bewusteloze Raoul aan de voeten van een tevreden Armand die tussen zijn tanden floot toen hij de prachtige kop zag en zei: 'Een meesterstukje. Zelfs de handtekening ontbreekt niet.' En hij wees op Raouls hals waar Picasso's markante handtekening inderdaad vaag zichtbaar was.

'Verder nog iets, baas?' vroeg de kidnapper, een man met een gangsterkaak en een platina hoektand.

Armand keek peinzend de kamer rond die vol schilderijen hing, voor het merendeel fin-de-sièclewerk, tot zijn oog viel op een nog vrij lege hoek.

'Hang 'm daar maar op,' zei hij, 'in de buurt van die rottige Renoir. Misschien fleurt dat die hoek een beetje op.'

De gangster keek wel even verbaasd, maar omdat nadenken hem altijd vermoeide, ging hij meteen aan het werk met een grote ladder en een kleine haak en even later bungelde Raoul in de aangeduide hoek.

De kleur van zijn gezicht herinnerde enigszins aan Picasso's blauwe periode, maar de kwasi chaotische warboel van ogen,

oren en neus dateerde beslist uit 1936 of daaromtrent.
Armand knikte goedkeurend.

'Hij hangt daar bijzonder goed,' zei hij. 'Zal voor de eigenaar wel een hele toer zijn het werk terug te vinden!'

De groene pil

Elke stap brengt me dichter bij de cel waarin ik straks zal worden opgesloten. Hoewel ik me niet haast en langzaam door de beginnende, lichte zomerregen loop die de eerste vochtige puntjes op de grijze tegels van de stoep tekent, moet ik bekennen dat ik er bijna naar verlang, naar dat schimmige, bijna bewusteloze leven binnen de gevangenismuren.

Ik stel me voor dat het enigszins zal lijken op het leven in militaire dienst, als je tenminste zo gelukkig bent om soldaat te blijven. Je loopt als je bevel krijgt om te lopen, je hangt rond bij je krib als er niets te doen valt en je wacht op de dingen die je overkomen: driemaal per dag de maaltijd in de mess, de kapitein met de rode snor die op inspectie komt, de lichten die doven als het tijd is om te gaan slapen. Je leeft zonder gedachten ...

Maar voordat het zo ver is, zal ik – misschien aan een of andere inspecteur die zo stompzinnig is dat hij alleen maar in zijn eigen uniformknopen gelooft – duidelijk moeten maken wat er precies is gebeurd en wie ik in feite ben.

Dit probleem doet zelfs het beeld van Floor vervagen, zoals ze daar met haar kleine hoofd op het met bloed bevlekte kussen lag, haar ene lange blanke arm op de deken, de andere gebogen onder haar gezicht.

Het is nog niet lang geleden dat de gebeurtenissen een aanvang namen die tenslotte tot Floortje's dood hebben geleid – amper een week – en terwijl ik door het jonge park loop met zijn spichtige bomen en schaarse lantaarns die hier en daar het natte grind doen glimmen, probeer ik voor mezelf na te gaan wat er in die zes dagen is gebeurd; voordat ik de poort van het hoofdbureau van politie binnenga en het normale leven – maar wat is dat eigenlijk? – voorlopig of voorgoed vaarwel zeg.

Het was dinsdag, een zomerse dag zoals nu, die eindigde met zachte zoele regen maar zonnig begonnen was, zo'n heiïge warme julidag die de huizen verguldt, aan de horizon hemel en aarde in elkaar over doet vloeien en het hoofd wazig maakt. Ik zat zes hoog op mijn balkon koffie te drinken, mijn derde kop koffie die ochtend. Bij de vorige twee koppen had Floor me gezelschap gehouden, lieve Floor die ondanks alles steeds zo haar best heeft gedaan om me het leven zo aangenaam mogelijk te maken, die wist hoe ze zich moest gedragen als ik weer eens een van mijn talloze depressieve buien had en met haar betrekkelijk smalle portemonnee en simpele kookboek wonderen verrichtte om mijn meestal slechte eetlust te stimuleren.

Ik was overspannen, had dokter Sehbom me gezegd, en hij had me drie weken rust voorgeschreven, de verwachting uitsprekend dat mijn chronische misselijkheid en hoofdpijnen in de loop van die rustperiode wel zouden verdwijnen.

Over de oorzaken hadden dokter Sehbom en ik tijdens het spreekuur – ik was fondspatiënt, maar hij is een sociaal voelend mens en besteedt aan iedereen behoorlijk veel tijd en aandacht – uitvoerig van gedachten gewisseld.

Uiteraard waren we er niet helemaal uitgekomen, maar al pratend had ik zelf toch wel een paar conclusies getrokken die ik, zoals het een introvert man betaamt, angstvallig voor mezelf had gehouden: ik had geen zin in het leven, ik stond te negatief tegenover mijn omgeving, tegenover Floor, mijn vrienden, mijn collega's, ik uitte me te weinig, liep de godganse dag mijn grieven tegen alles en iedereen maar te herkauwen, kon me maar niet neerleggen bij het feit, onder andere, dat mijn chef een zak was en toch ongeveer tweemaal zoveel verdiende als ik.

Het was de tweede dag van mijn voorgeschreven vakantie en

111

ik had, daartoe door Floor aangespoord, bij mijn tweede kop koffie voor het eerst een van de groene pilletjes geslikt die ik moest innemen om mijn problemen de baas te kunnen.

Ik had slechts lichte hoofdpijn, was niet misselijk en voelde me redelijk op mijn gemak. Enige tijd verlost te zijn van verkoopchef Eduard Butsler die ik dagelijks rapport moest uitbrengen, van zijn getrekkebek en zijn rotmanieren om je te laten voelen dat híj het voor het zeggen had, van het stomme geleur met goedkope kleur- en prentenboeken, was toch wel aangenaam, evenals de zon op mijn rug en het uitzicht op de nevelige akkers in de verte.

Een half uur lang ging alles goed. Ik zat maar zo'n beetje te soezen, las een halve bladzij van mijn detective tot ik mijn aandacht er niet meer bij kon houden en herkauwde traag het gesprek met dokter Sehbom.

Hij had me verteld dat de groene pilletjes die hij me voor zou schrijven een zeker risico inhielden. In zevenennegentig procent van alle gevallen was de uitwerking zeer gunstig en veroorzaakten de pillen alleen een zekere mate van bewustzijnsverruiming. De patiënt kreeg het gevoel los te raken van zijn eigen persoonlijkheid en was dan in staat afstand te nemen van zijn eigen moeilijkheden en problemen en deze te relativeren.

Met een geamuseerd glimlachje waaruit bleek dat hij er weinig geloof aan hechtte, had hij ook iets losgelaten over de vreemde dingen die er gebeurd zouden zijn in het stadium van de eerste proefnemingen, toen de samenstelling van de bewuste pil nog niet helemaal uitgebalanceerd was. Bij veertien procent van de proefpersonen – een aantal mensapen en een groepje patiënten van een exclusief particulier rusthuis – waren toen merkwaardige nevenverschijnselen geconstateerd.

Een van de mensapen had ergens een bloknoot en een balpen gestolen en was zo goed en zo kwaad als dat met zijn onwennige vingers ging, een liefdesbrief aan een zekere Theresa gaan schrijven. Tenminste, dat had een grafoloog uit het gekrabbel

112

opgemaakt; zo'n man, had Sehbom glimlachend gezegd, die bijvoorbeeld het handschrift van Napoleon bestudeert en daaruit de conclusie trekt dat de persoon in kwestie het ver had kunnen brengen, als hij zich had toegelegd op de kunst van het schieten met artillerie.

En een van de vrouwelijke proefpersonen – nog altijd volgens dokter Sehbom – zou uit het rusthuis zijn ontvlucht en zich naar een bepaalde woning hebben begeven waar ze nog nooit binnen was geweest. De volgende ochtend zou ze wakker geworden zijn in het bed van een vreemde man en volgehouden hebben dat het haar wettige echtgenoot was. Niet zó'n opmerkelijke gebeurtenis, dacht ik toen.

Ik soesde weer weg en keek dromerig naar de fraaie, alleenstaande woningen aan de overkant met hun brede balkonnen en grote tuinen. Dromerig is misschien te lief uitgedrukt. In dat dromerige staren naar die rijke huizen – en het was niet de eerste keer – zat altijd iets van wrevel, iets van afgunst op de bewoners die altijd schenen te glimlachen en zo zorgeloos en goedgekleed door het leven flaneerden.

Een van de woningen had altijd mijn speciale belangstelling, een huis met overal fleurige, oranje jaloezieën en een wapen in het muurvlak naast de glanzende voordeur gemetseld. Het balkon aan de voorkant droop in de zomer altijd van de bloemen die tussen de spijlen door groeiden en in grote trossen omlaag hingen, trossen blauwige bloemen waarvan ik de naam niet weet en die me altijd doen denken aan de kusten van de Middellandse Zee, die ik overigens nooit bezocht heb.

Ook de tuin sprong eruit met zijn brede, uit flagstones bestaande terras, waarvan ik vanaf mijn balkon slechts een gedeelte kon zien, met zijn uitgestrekte, half-cirkelvormige lap groen die er uit de verte altijd uitzag als dure, vaste vloerbedekking. Aan de achterzijde werd het gazon omrand door een weelde van lila, paarse en violette petunia's en tussen deze border en een groot aantal bloeiende en niet-bloeiende heesters en

113

bomen die de tuin begrensden, groeide een enorm aantal vaste planten met bloemen in alle kleuren van het spectrum.

Die dag stonden ongeveer in het midden van de halve cirkel – het terras lag al grotendeels in de schaduw – drie kleurige ligstoelen, waarvan de verchroomde leuningen glinsterden in de zon en die naar ik wist f 496.- per stuk hadden gekost, van die luxe apparaten met verstelbare verlengstukken voor vermoeide, rijke benen die, stevig of niet, de weelde toch altijd weer schenen te kunnen dragen. Ze stonden achteloos rond een tafel met glazen erop en waren alle voorzien van een eigen, aan de leuning bevestigde kleine parasol.

Een van de stoelen bleef de hele tijd leeg, een van de andere werd de gehele ochtend bezet gehouden door de bijzonder mooie, gebronsde bewoonster die twee witte streepjes droeg, éen op borst- en éen op zeer lage heuphoogte. Al jaren had ik me op haar glans blindgestaard.

De derde stoel werd zo nu en dan gebruikt door haar forse, eveneens gebruinde man die een roodgebloemd, kort broekje droeg, zo nu en dan staande iets dronk – whiskysoda naar ik vermoedde – dan weer wat gras rolde en telkens het huis in en uit liep, kortom de hele tijd rusteloos met iets bezig was en slechts een enkele keer even ging zitten om een sigaret te roken.

Ze woonden er al een paar jaar, sinds de woningen gebouwd waren. Ik had zijn naam een keer opgevangen, mr. A.A. Dodewaart, en wist dat hij commissaris was van diverse naamloze vennootschappen en nog vele andere betaalde of onbetaalde functies bekleedde.

Zoals ik al zei had ik in de afgelopen jaren al menigmaal naar dat huis gestaard, in de zomer op het balkon en in de winter voor het raam staande van mijn simpele driekamerflat – gestaard naar de mensen die er in en uit gingen, naar de lage, brede wagens die geruisloos kwamen aanglijden en parkeerden op de brede strook voor de vlekkeloze voortuin, piekerend over de hoogte van Dodewaart's jaarinkomen en wat je je daar allemaal van kon veroorloven.

Ik had hem benijd om zijn gemakkelijke, soepele manier van optreden, om de volgroeide, volwassen mannelijkheid die hij onder alle omstandigheden tentoonspreidde, of hij nu een wandelkostuum droeg, weekendkleding, of zoals nu alleen maar een gebloemd broekje.

Ik had hem benijd om zijn vrouw die eruit zag of ze zo uit een kleurenfoto van een sophisticated damestijdschrift was gestapt, koel en fis alsof ze zo uit bad kwam, maar met geheimenissen in haar gesluierde ogen die beheerste, geraffineerde hartstocht verraadden. Ze had een gracieuze manier van lopen, van liggen zelfs, waaraan je kon merken dat ze van een heel ander ras was dan arme Floor en ik, en zelfs dan haar man; dat ze opgekweekt was uit een reeks van edele, welgestelde voorvaders-en-moeders, op haar vierde jaar al had leren paardrijden en op haar zesde jaar het verschil al wist tussen chartreuse verte en chartreuse jaune.

Mijn fantasie omspeelde haar en daarmee wil ik niet alleen zeggen dat ik haar lichaam in allerlei al of niet gracieuze standen met het mijne gepaard zag. Ik hield me ook in andere opzichten met haar bezig. Waarschijnlijk, zo had ik een keer gedacht, was ze beneden haar stand getrouwd, omdat haar vader wat ongelukkig was geweest met financiële transacties en geleidelijk had moeten afzakken naar kringen die wel over geld beschikten, maar er ook voor moesten werken; ze had zich in haar lot geschikt of misschien was ze ook wel bezeten geraakt van het fraaigewelfde corpus van haar man; ze verveelde zich als haar man een paar weken naar Engeland was en verlangde dan heimelijk naar lichamelijk contact met wie dan ook; misschien was ze nymfomaan en zou ze me in haar geparfumeerde peignoir gretig ontvangen als ik aanbelde en vroeg of ze soms behoefte had aan wat kleur- of prentenboeken.

115

Terwijl ik naar haar zat te kijken en de witte streepjes van haar lichaam wegdacht, zag ik de groene spijlen van mijn balkon langzaam tot leven komen. Eerst trilden ze een beetje, naar ik dacht vanwege het bloed dat zwaar in mijn slapen klopte en misschien invloed uitoefende op mijn gezichtsvermogen. Maar geleidelijk begonnen ze wilder te bewegen en te lijken op groene ringslangen die zich in een rij hadden vastgebeten in de groengeverfde rand van het balkon en daaraan hingen te kronkelen, een rand die overigens eveneens woest bewoog en zich aan de greep van de slangen scheen te willen ontworstelen.

Hoewel mijn stoel geen spoor van beweging vertoonde en stevig op de betonnen vloer stond, begon ik te zweten van angst en kreeg ik het paniekerige gevoel dat straks het hele balkon zou beginnen te wiebelen, krakend van het huis af zou breken en met mij in de diepte zou storten.

Ik sloot mijn ogen, maar de beweging bleef mijn netvlies irriteren en ik kreeg het gevoel of mijn hele lichaam begon mee te bewegen, op en neer, heen en weer, in cirkels ronddraaiend, zigzag door de ruimte. Ik voelde de zitting van de stoel niet meer, noch de leuningen waarop mijn handen hadden gerust, noch de vloer onder mijn voeten. Tenslotte was het of mijn geest alle contact met mijn lichaam verloor en los in de ruimte zweefde.

Het was een ongekende ervaring die ik moeilijk kan weergeven en die de apostel Paulus in 2 Korinte 12, vers 2 tot en met 4, misschien nog het beste heeft uitgedrukt: *Ik ken een mens in Christus die veertien jaar geleden naar de derde hemel is weggevoerd* (hij spreekt daar over zichzelf) *in het lichaam: ik weet het niet, of buiten het lichaam: ik weet het niet, God weet het. En ik weet van die mens dat hij in het paradijs is opgenomen – in het lichaam of buiten het lichaam: ik weet het niet, God weet het; en dat hij onuitsprekelijke woorden hoorde die een mens niet nazeggen kan.*

Mijn ervaring was allerminst religieus getint en de woorden die ik even later hoorde geenszins onuitsprekelijk: 'Zit in godsnaam stil, Arnold. Ik krijg de zenuwen van het gekraak van die stoel.'

Toch was ik niet in staat ze na te zeggen. Ik had het opeens schrikwekkend benauwd en was als in een nachtmerrie mezelf aan het ontworstelen aan een of ander roofdier, een poema, een panter of luipaard die op mijn borst scheen te zijn gesprongen. Waar de klauwen van het ondier mij aangrepen vlaagden felle pijnscheuten door mij heen, door mijn linkerborst en -schouder. Ik snakte naar adem en hoewel ik het gevoel had dat ik mijn ogen wijd had opengesperd, zag ik slechts grijze rondwervelende, met zwarte vlekken doorschoten wolken.

Met uiterste krachtsinspanning trachtte ik het beest dat met zijn nagels in mijn vlees rondwroette, de baas te worden, het beest waarvan ik wist dat het de dood was. Ik vocht verbeten en eenzaam, zonder om hulp te roepen, zonder enig geluid te maken, omdat ik wist dat Sylvia alles wat zwak was en met ziekte en dood te maken had, diep verachtte.

In die enkele minuten dat mijn doodsstrijd duurde, schoten allerlei herinneringen die de mijne niet waren als elektrische trillingen door me heen: ik stond op een houten vlonder, deed een stap achteruit en zonk weg in vredig water dat zacht om me heen spoelde en de pijn in mijn borst verzachtte; ik lag in kniehoog gras en een gezicht dat alleen uit twee, grote bruine ogen scheen te bestaan, hing lieflijk en zacht ademend boven me; ik liep aan de hand van een grote vreemde vrouw die mijn moeder was door een stil park met dikke eeuwenoude bomen en trachtte me los te rukken om een paddestoel te plukken.

Pas toen mijn ogen weer begonnen te zien en de pijn geleidelijk afnam, kreeg ik tijd om me te verwonderen. Boven mijn hoofd was het oneindige blauw van de hemel met aan de rand ervan de toppen van enkele bomen met bladeren die aan de ene kant grijs en aan de andere kant groen waren en licht rit-

117

selden. Ik richtte mijn hoofd iets op en zag Sylvia ontspannen op haar ligstoel uitgestrekt liggen. Ze sloeg loom een pagina om van een kleurig tijdschrift, waarvan het papier dat zich buiten de schaduw van de kleine, aan haar stoel bevestigde parasol bevond, glansde in het zonlicht.

Ik liet mijn hoofd weer zakken en durfde me nauwelijks bewegen uit angst dat ze op zou kijken, alsof ik een kind was dat al lang in zijn bed had moeten liggen en met geen enkele beweging de aandacht op zich wil vestigen. Mijn ademhaling die nog steeds onregelmatig was, probeerde ik zo te beheersen dat hij geen enkel gerucht veroorzaakte en zelfs mijn buik en borst niet op en neer deed gaan.

Tersluiks keek ik met iets van bewondering naar mijn goedgebouwde lichaam, naar het mannelijke, zwarte haar op mijn borst, herkende het roodgebloemde broekje, waarvan ik nu iedere bloem afzonderlijk kon onderscheiden en sloot tenslotte mijn ogen in de overtuiging dat ik weer zes hoog op mijn balkon zou zitten, als ik mijn ogen weer opende.

Toen dat niet zo bleek te zijn, draaide ik me half om in mijn stoel en keek naar het balkon van mijn flat. Heel vaag, alsof ik door een verkeerd afgestelde verrekijker keek, zag ik mezelf, mijn eigen nietige gestalte, roerloos in de goedkope, opklapbare tuinstoel zitten die Floortje en ik in het voorjaar hadden gekocht. Ik knipperde met mijn ogen, kneep ze samen toen dat niet hielp en kreeg hem (mijzelf) iets scherper in het beeld, meteen beseffend dat ik tamelijk bijziende was. Achteraf beschouwd nam ik de uiterst zonderlinge ervaring wonderlijk rustig op, misschien uit zucht tot zelfbehoud, want als ik in paniek was opgesprongen en me vreselijk had opgewonden, zou ik misschien bezweken zijn aan een nieuwe hartaanval.

De schaduw van het huis begon over ons heen te schuiven, het werd koeler, en na enige tijd zei Sylvia koel en kortaf: 'Ik weet niet wat jij doet, maar ik ga naar binnen.'

Ze stond op en ik keek haar na terwijl ze op haar blote voeten eerst over het gras en toen voorzichtig over de flagstones liep. Ondanks mijn zwakte begon mijn onderlichaam zich te roeren; ik trachtte hem tegen te houden, maar hij stoorde zich niet aan mijn krampachtige pogingen, streefde onweerstaanbaar omhoog en deed mijn nauwsluitende broekje spannen.

Toen ze de tuindeur achter zich gesloten had, zag ik haar nog, haar slanke lijf dat zich soepel als een ocelot van me verwijderde, de heupen licht wiegend, en in gedachten volgde ik met mijn handen de lijnen ervan; ik zag haar stevige, gladde benen beurtelings van achteren en van voren en mijn handen gleden trillend en geleidelijk stroever in de richting van haar donzige vogelnestje.

Ik trof haar in de slaapkamer op het moment dat ze het bovenste deel van haar witte bikini los liet schieten en liep om het brede bed heen in haar richting, mijn omfloerste ogen op haar stevige borsten gericht die nauwelijks iets minder bruin waren dan de rest van haar lichaam.

Zonder een afwerende beweging te maken, zonder een stap terug te doen, hield ze me tegen, alleen met haar kille, grijze ogen, en haar stem klonk ijzig toen ze zei: 'Laat me met rust, vetzak! Als je zin heb, kun je bij je maîtresse terecht!'

Ik was star blijven staan, mijn ogen groot en verbijsterd, en zonder me nog een blik waardig te keuren liet ze – en hoe vernederend was dat voor mijn mannelijkheid! – haar witte broekje zakken, raapte het achteloos van de grond en liep naar de linnenkast voor andere kleren.

Ik maakte een moeizame slikbeweging en trok me inwendig vloekend terug in mijn eigen kamer om me te verkleden.

Over de dagen en nachten die volgden is eigenlijk maar weinig te vertellen. Ze bewoog zich als een openstaande koelkast door de kamers, een ring van kilte om zich heen, en hield me steeds met enkele vlijmende woorden op een afstand. We wisselden verder slechts de allernoodzakelijkste woorden bij de maaltijden en bleken ieder in een eigen kamer te slapen.

Ik had die week vrij genomen omdat het zulk prachtig weer was en omdat ik een nogal enerverende zakenreis naar Amerika achter de rug had, waarvan ik me evenwel niets kon herinneren.

De hele dag pijnigde ik mijn hersens, poogde ik de situatie waarin ik verzeild was geraakt te analyseren, maar ik slaagde er geen enkele keer in een enigszins redelijke verklaring voor alles te vinden.

Meermalen ging ik in mijn rustige, met boeken overladen kamer voor de spiegel staan. Zelfs de eerste keer dat ik dat deed, was ik merkwaardig genoeg maar weinig geschrokken. Misschien was ik er al mentaal op voorbereid geweest en had ik door de rest van mijn lichaam te zien al enigszins een voorgevoel gehad van de indruk die mijn Dodewaart-gezicht op me zou maken.

Wat ik zag was ook niet om van te schrikken: een krachtig, gebruind gelaat met een welgevormde neus en blauwgrijze ogen onder ruige wenkbrauwen die iets donkerder blond waren dan mijn glanzende, roosloze, even golvende haar dat ik links met een scheiding droeg. Het was een misschien weinig karaktervol, maar aantrekkelijk gezicht en verre te verkiezen boven dat van mezelf, waar kennelijk eeuwen van pauperdom aan vooraf waren gegaan en dat gekenmerkt werd door diepliggende, waterige ogen en scherpe groeven rond neus en mond.

Maar ondanks deze metamorfose (mijn groene-pil-reïncarnatie? ik weet eigenlijk niet hoe ik het uit moet drukken) was ik mezelf gebleven, dat wil zeggen: de man van Floor, de schriele vertegenwoordiger van zes hoog, die goedkope kleur- en prentenboeken aan tweederangs warenhuizen en boekhandels trachtte te slijten.

Slechts zo nu en dan schoven beelden en herinneringen mijn brein binnen die me innerlijk vreemd waren en die ik bekeek als iemand die een vlak, neutraal televisiespel aanschouwt met

120

een hoofdpersoon met wie hij zich niet kan identificeren. Maar de beeldbuis stond in mijn eigen hoofd opgesteld en dat maakte wel enig verschil.

Voor het merendeel waren het flitsen uit een blije, zorgeloze jeugd die ik interpreteerde als de laatste stuiptrekkingen van Dodewaart's geest, flitsen van forten bouwen op het strand, van zeilen met een smetteloos witte boot op diepblauwe plassen, van genietend luisteren naar boeiende verhalen van een grijsharige, vriendelijke onderwijzer die me goedgezind was en me soms over mijn haar streek.

Deze beelden werden echter geleidelijk minder krachtig en duidelijk en bleven na een paar dagen geheel weg.

Toen het weer wat begon te verslechteren en we niet meer buiten konden zitten, liep ik meermalen per dag de tuin in om te kijken naar het balkon in de verte, nu gewapend met een bril die ik in mijn bedkastje gevonden had.

Mezelf zag ik niet meer terug, wel een enkele keer Floor die met een moedeloos gebaar een gele stofdoek uitsloeg of de twee magere geraniums water gaf die in een aan de rand van het balkon hangende bak groeiden.

Soms dacht ik dat ze naar me keek en met een weifelend gebaar haar hand opstak om me te groeten. Op die momenten voelde ik tranen in mijn keel lopen, jankte ik inwendig als een jonge hond die aan een paal staat vastgebonden.

Verdrietig, bijna wanhopig gaf ik me er rekenschap van dat ik haar de laatste jaren nauwelijks had gezien, niet naar haar schuwe woorden had geluisterd en als mijn seksuele honger te groot werd haar zachte, ontroerende lichaam even vanzelfsprekend had geaccepteerd als nieuwe knopen aan mijn broek.

Arme Floor, ze was vlammend rood geweest toen ze twintig was en in mijn dromen had ik haar gezien als een mysterieuze Ierse met lange, wapperende haren, hoge benen en extatisch groene ogen.

Zo had ze kunnen blijven als ik haar zo was blijven zien. Maar

121

in mijn ogen, in mijn doffe, naar binnen gerichte ogen, was haar felle haar verstoft en verbleekt, haar hoge gestalte verschraald, gekrompen en gebogen.

Na die eerste afwijzing was mijn interesse voor Sylvia volkomen verdwenen. Ze leefde haar eigen, schemerachtige leven dat zich grotendeels aan mijn ogen onttrok en voornamelijk leek te bestaan uit het talloze malen per dag verwisselen van kleren. Soms verliet ze het huis, maar dat maakte op mij niet meer indruk dan een plotselinge windvlaag die een deur doet openwaaien en dan weer dichtsmakt. Misschien ging ze dan naar een minnaar, het deerde me niet.

Een enkele keer kwam ze ook voor het eten niet opdagen en ik behielp me dan met wat snacks uit de grote, welvoorziene koelkast. Ik bracht de dagen door als een eenzaam konijn in een hok, zo nu en dan op iets knabbelend, doelloos rondlopend door het huis of suffend in de leren clubfauteuil op mijn kamer. Slechts enkele handelingen – kennelijk afkomstig van mr. A.A. Dodewaart, nog niet helemaal exit – brachten wat afwisseling: het bad tweemaal daags, de pijnlijk zorgvuldige verzorging van mijn lichaam, waarmee ik (of moet ik zeggen: hij) soms urenlang bezig was.

Vandaag – zondag – maakte ik zelfs nog meer werk van mijn lichaam dat zich weer redelijk gezond voelde en steeds sterker begon te verlangen naar seksueel contact. Dit verlangen werd in de loop van de dag zelfs zo machtig dat ik – als ze thuis geweest was – zelfs de kille, misschien wel frigide Sylvia stormenderhand had genomen, al had ze me met haar puntige nagels de repen uit het vlees gescheurd.

Ik zocht en vond evenwel een andere uitweg voor mijn drift.

Nadat de schemering was ingevallen trok ik, zonder iets tegen Sylvia te zeggen die inmiddels was thuisgekomen en zich na de zwijgende avondmaaltijd niet meer had laten zien, mijn lichte regenjas aan en verliet het huis.

Onderweg kreeg ik de vreemde gewaarwording dat mijn voeten de kleine wandeling die ik maakte, al eerder hadden gelopen. Ik sloeg de brede zijstraat in die schuin links tegenover het huis begon, liep deze ten einde, sloeg rechts af, aan het einde van de winkelgalerij nogmaals en naderde mijn flat van de andere kant, telkens omkijkend alsof ik een spion was die een achtervolger vreesde terwijl hij op weg was naar een contactadres.

Pas toen ik traag de trappen beklom, zo af en toe stilstaand op de tussenliggende overlopen om op adem te komen, begon ik aan Floor te denken. Ze zou waarschijnlijk met lege, vermoeide blik televisie zitten kijken, samen met de huls van mijn lichaam, waaruit de geest uiteraard verdwenen was. Misschien had Floor het niet eens gemerkt. Op de galerij van de zesde verdieping aangekomen, aarzelde ik even. Wat had het voor zin? Wie van het tweetal ook de deur opende, ik zou alleen maar een verontschuldiging kunnen stamelen, bijvoorbeeld dat ik per ongeluk op de verkeerde bel had gedrukt, dat ik een deur te ver gelopen was omdat ze allemaal op elkaar leken, dat ik bij de buren op nummer 32 moest zijn.

Maar nu ik eenmaal zo ver gekomen was, kon ik het niet laten. Ik belde aan, zij het met een hamerend hart.

In de gang floepte onmiddellijk het licht aan. Ik hoorde haastige, bijna rennende voeten, de deur werd met zo'n zwaai opengeworpen dat hij met een klap die de kalk naar beneden deed vallen, tegen de gangmuur aan kwam. Het volgende ogenblik lag haar vlammend rode hoofd tegen mijn schouder en drukte ze zich hartstochtelijk tegen me aan.

'Arnold,' fluisterde ze hijgend, 'Arnold, ik dacht dat je nooit kwam, Arnold!' Haar knie wrong zich tussen mijn benen, haar mond bewoog zich over mijn hals en wangen en zoog zich tenslotte in de mijne vast, terwijl haar handen op een bijna angstwekkende manier overal rondzwierven en mijn lichaam duizelig en draaierig maakten.

Zo kende ik haar niet.

Ze trok me mee de gang in naar de kamer, opgewonden ratelend en met koortsachtig schitterende ogen. 'Hij is weg,' zei ze ademloos gelukkig. 'Stel je voor, Arnold: hij is weg, misschien voorgoed! Nee, hij is niet biljárten! Weggelopen! Ik dacht dat ik gek werd die dag voordat hij wegliep. Het was of hij dood was. Hij zat maar in zijn stoel naar het behang te staren, zei niets, bewoog bijna niet ... Wil je koffie, Arnold? Of misschien bier? Ik heb al koffie gezet. De hele dag heb ik rusteloos in huis rondgelopen, omdat ik wist dat je vanavond zou komen. Van de slaapkamer naar de woonkamer, van de woonkamer naar de keuken. Telkens de laatste dagen heb ik op het punt gestaan om bij je aan te bellen, maar ik durfde niet, bang dat dat serpent Sylvia open zou doen .. Toch koffie?'

Ze schonk met trillende handen koffie in en morste herhaaldelijk op de schoteltjes.

Ik volgde alle bewegingen van haar lieflijke, lange lichaam met gretige ogen. Het was of ze uit het graf van vuile vaat, kopjesdoeken en vegers was opgestaan, het stof van zich af had geschud en glanzend was herrezen in de gestalte van de mysterieuze hartstochtelijke, Ierse schoonheid die ik vroeger in haar had gezien. Haar blanke wangen vertoonden een kleine felle blos en haar groene ogen vonkten als die van een poes in het donker.

Tussen iedere paar slokken van de koffie in vlijde ze zich tegen me aan en fluisterde ze opgewonden in mijn oren, haar woorden nog heter dan haar adem. Ik gaf me aan haar gewonnen. Wel ging het even als een vluchtige pijn door me heen dat niet ik het was die zij zo vurig liefhad, maar Dodewaart's krachtig gebouwde lichaam, zijn stevige nek en welgevormde neus, zijn kroezende borsthaar, waarin haar tere, slanke vingers zich verwarden, maar al spoedig waren al mijn gedachten uitgewist door haar dringende liefde en mijn onstuimige beantwoording daarvan.

Verbeten duw ik de herinneringen aan die uren terug, nu haar lichaam zoals zich dat toen aan me openbaarde niet meer bestaat, alleen nog maar een stijf, afschuwelijk object is, dat over enkele dagen haastig onder de grond zal worden gestopt.

Toen ze tenslotte ingeslapen was, liet ik me uit het bed glijden en ging op de wrakke slaapkamerstoel zitten, mijn hart en hersens pijnigend met onduldbare gedachten. Wat er zich precies in mijn geest heeft afgespeeld in dat laatste uur van haar leven, kan ik onmogelijk exact beschrijven. Allerlei invloeden kunnen een rol hebben gespeeld, de vervloekte groene pil van dokter Sehbom, mijn eigen depressieve inslag, een zekere afwijking in de nog niet geheel afgestorven geest van A.A. Dodewaart – welke mens heeft niet ergens een ziekelijk abces? – die mijn eigen abnormaliteit heeft versterkt, mijn wanhoop omdat ik haar liefde alleen in het omhulsel van Dodewaart had kunnen opwekken. Wie zal het zeggen De stompzinnige inspecteur, de schrandere psychiater die zonder twijfel zal worden ingeschakeld? In elk geval is het zo dat ik in wanhoop naar het eerste ding greep dat ik kon vinden, de zware stang van de ouderwetse stofzuiger die in de meterkast stond. Met een slag van mijn gespierde armen, waarvan ik letterlijk gesproken de kracht niet kende, sloeg ik haar dood . . .

Ik heb nu bijna de smalle oude straat bereikt, waar zich het hoofdbureau van politie bevindt. Mijn kleren zijn volkomen doorweekt, mijn schoenen soppen, mijn voeten doen zeer van de ongewoon lange wandeling, mijn lichaam wordt gepijnigd door een hol, hongerig gevoel dat waarschijnlijk nooit zal overgaan. Mijn tranen stromen tegelijk met de regen over mijn wangen.

Enerzijds verlang ik naar de cel, naar een rustgevende, sobere cel in een gevangenis met een dagindeling als in militaire dienst, als in een ziekenhuis. Anderzijds ben ik bang voor alle gedachten die me dagelijks zullen bestormen, vooral die ene gedachte die me misschien tot wanhoop zal brengen: dat ik me gewoon bij de feiten had kunnen neerleggen, dat Floortje doodeenvoudig de maîtresse had kunnen blijven van mr. A.A. Dodewaart, alias mijzelf. En dat zelfs een tweede huwelijk met haar niet tot de onmogelijkheden had behoord, als Sylvia in een echtscheiding had toegestemd!

De beantwoorde verwachting

'Dan ga ik alleen!' schreeuwde hij.

Zijn bruingroene ogen, woedend en vol blinkend oogwit, schenen zijn bleke gezicht naar de achtergrond te dringen waardoor het nog vager omlijnd en onbetekenender leek dan anders. Zijn lippen trilden, evenals zijn vingers die in al zijn zakken vergeefs naar een sigaret zochten.

'Ik kan het wél betalen, zeg ik je! Je doet verdomme net of ik een armoedzaaier ben, een zak die nooit een cent mee naar huis brengt. Je wil me opjutten, dat is het. Ik moet van jou een baantje nemen, waarbij ik op mijn tenen moet staan. Een hartinfarct moet ik krijgen. O ja, ik weet wel aan wie jij denkt – ik zie het aan je ogen. Aan Pierson!' De naam knalde eruit als de kurk van een fles champagne.

'Een D.S. nemen, hè? En een opblaasbaar zwembad, alsof je een doosje lucifers koopt. En jou erbij! Als hij maar genoeg biedt!'

Ze liet hem uitrazen, leunend tegen de verveloze kast als een model voor wie de fotograaf een sjofele achtergrond had uitgekozen om de gaafheid van haar huid nog beter te doen uitkomen. Haar koele grijze blik gleed van hem weg naar de schimmige huizen aan de overkant, vervormd door de regen die tegen de hoge smalle ramen gutste.

Haar stem kwam nauwelijks boven het geluid van de regen uit en smolt er bijna mee samen.

'De buren kunnen je woord voor woord verstaan, Jack.'

'Dat duurt ook niet lang meer. Ik ben het zat om altijd maar mijn bek te houden, omdat de muren toevallig van zelfrijzend bakmeel zijn. Ik laat ze bekleden tot ze geen sodemieter meer kunnen horen van wat er hier in huis gebeurt, al traden de

Rolling Stones zelf hier op. De hele rotzooi laat ik uitbreken en vernieuwen!'

Hij gaf een van de wrakke bruingebeitste eetkamerstoelen zo'n venijnige trap dat deze aan de andere kant tegen de kale muur op vloog en kletterend op de grond viel.

'Je doet maar.'

'Dat zal ik zeker! En in jóuw belang!'

Zijn rechterhand priemde als een vleesvork in haar richting.

Nauwelijks een half uur later parkeerde hij zijn wagen op het stadsplein waar 's ochtends altijd markt werd gehouden. Hier en daar lagen hopen afval bijeengeveegd om straks te worden weggeschept – rotte appelen, bloemkoolstronken, vochtige kranten, plastic zakken en koolbladen – en waar hij voorzichtig tussendoor moest laveren om een plaatsje te vinden. Het goot nog steeds en de bolle, met vruchtvlees besmeurde keien glommen triestig in het matte licht.

Onderweg had hij in zijn woede roekeloos gereden en bijna een taxi geramd die van rechts uit een zijstraat was komen schieten. Zijn bloed bonkte nog na in zijn slapen en hij likte telkens aan zijn uitgedroogde lippen die naar de gemiste koffie snakten.

Pas toen hij koud en nat de ruime hal van het warenhuis betrad, werd hij iets kalmer. Binnen hingen overal oranje- en groenbeschilderde borden met in reusachtige letters de slagzin van het seizoen: *de lente ligt voor het grijpen!*

Huisvrouwen woelden bakken met goedkope sjaals en truitjes om en om tot een verwarde massa lila, blauw en turquoise – de modekleuren van vorig jaar –, deden fleurige parapluutjes open en dicht en pasten schorten, regenhoedjes en halskettingen. Gadegeslagen door de kille grijze eunuchen die ze bij warenhuizen altijd schijnen uit te kiezen om als afdelingschefs te fungeren, prijkten tussen al die uitbundige kleuren de in witte vesten geklede winkelmeisjes achter de toonbanken als betrekkelijke rustpunten in een beweeglijk decor.

Hij huiverde even toen er een paar druppels van zijn haar in zijn nek dropen. Lente, dat noemden ze in dit godvergeten land, lente! Het was inmiddels april geworden en nog geen enkele dag was de temperatuur boven de tien graden geweest. Hij ging eraan kapot, aan zo'n lente!

In jóuw belang, had hij tegen Ludie gezegd. Onzin natuurlijk. Hij deed het om zich te kunnen handhaven tussen de kale kak die hem omringde, en tegenover Pierson die zijn hand niet omdraaide voor een nieuwe wagen of een American kitchen en de laatste tijd steeds meer toenadering zocht tot Ludie. Ze noemden elkaar zelfs al bij de voornaam. 'Hè, Alééx?'

Hij liep naar de roltrap en liet zich boven het rumoer uit naar boven glijden. Op de vijfde verdieping, de afdeling woninginrichting en tuinmeubelen, bevonden zich slechts enkele mensen. In een hoek bij een oranjegelakte, langgerekte kast stonden drie verkopers gedempt met elkaar te praten, jongemannen met nette pakken aan en blanke, gladde gezichten. Een man en een vrouw van middelbare leeftijd liepen kamer in, kamer uit en bleven zo nu en dan staan bij een tafel of stoel, alsof ze door een park wandelden en elkaar de bloesems wezen die ondanks het slechte weer aan het uitkomen waren.

Zijn ergste woede was nu gezakt en zoals altijd was er een leeg, hongerig gevoel voor in de plaats gekomen. Hij liep bijna liefkozend over de verschillende soorten vloerbedekking: terra – de aarde van de Middellandse Zeekust, oker – het zand van de Sahara, groen – de groene schotel van Ierland, blauw – alweer de Middellandse Zee, waar het drieëntwintig graden was volgens de televisie en bruine meisjes loom in het zand lagen te bakken.

In een van de huiskamers liet hij zich in een kleine paarse, van koperen poten voorziene armstoel zakken en wachtte tot een van de verkopers hem zou opmerken, intussen rondkijkend naar het interieur, de met ruwe tegels ingelegde metalen tafel, de witte ballon van de staande schemerlamp die elk ogenblik scheen te zullen opstijgen, en de wit met goud gelakte, met fletse roze rozen versierde hoge kast.

'Waarmee kan ik u van dienst zijn?' Een zachte, beleefde stem die harmonieerde met het langharige beige kleed onder zijn voeten en het enigszins weke, roze gezicht van de verkoper.

Jack had hem niet zien aankomen en snoof even zenuwachtig voordat hij antwoord gaf.

'Ik ben een heleboel van plan,' zei hij en was er zich van bewust dat het nogal gewichtig klonk. 'Ik wil mijn huis drastisch veranderen, laten verbouwen en opnieuw inrichten.'

Meneer zou even moeten wachten als meneer het niet erg vond . . .

Even later kwam de verkoper terug met de binnenhuisarchitect, een man met een klein baardje en een peinzende uitdrukking op zijn gegroefde gezicht.

Gedrieën bogen ze zich over de tekeningen die Jack uit zijn binnenzak had gehaald. Hij had de laatste weken telkens nieuwe plattegronden van zijn droomhuis geschetst en de een na de ander driftig verscheurd tot hij zijn ideaal enigszins benaderd had. Hij snoof nerveus en schuifelde onrustig met zijn voeten, terwijl hij naar het minuscule potloodje van de deskundige keek die onmiddellijk wijzigingen in zijn droom begon aan te brengen en deze met duister klinkende argumenten verantwoordde:

'Als je dit wandje hier plaatst, drukt dat de hele kamer plat en heb je de kans dat je het gevoel krijgt een kat te zijn die door een smalle spleet moet glippen, zie?'

'Een kamer moet een vergezicht zijn – pijl, honderd meter verder prachtig uitzicht – als je met de hand aan de deurknop staat. En alles moet blijven kloppen. Bij elke stap verschuift alles, zie? Altijd rekening mee houden.'

Het bleek dat ze een modelwoning hadden ingericht aan de hand waarvan hij zijn bedoelingen duidelijk zou kunnen demonstreren en die met ramen en al in een hoek van de ver-

dieping was gemonteerd. De woning sloot aan op de tuinafdeling met kunstgras en bloesemende bomen en struiken van
lijm, plastic en kunstig ingeknipt roze toiletpapier. Aan de
achterkant was het net of je uitzag op de tuin van de woning,
een grote lap groen met een schommelbank en dure blankme-
talen ligstoelen rond een witte tafel met halfvolle longdrink-
glazen. Bij een groepje struiken stond achteloos een barbe-
cueset en in het midden van het gazon hield een star glim-
lachende man in modieus bemodderde tuinkledij het handvat
van een blauwgeschilderde grasmachine vast.
Jack liep verwezen rond, betastte houtsoorten en kunststoffen,
ging soms even zitten, veerde een keer en stond weer op, opende blinkende kranen zonder water, stapte in gedachten in het
roze met zwart betegelde bad, amper luisterend naar de man
met het baardje die overigens meer in zichzelf scheen te praten dan tegen de anderen. Hij zag zichzelf aan de ruwhouten
bar zitten, met een glas campari achteloos in zijn hand uitkij-
kend over het gladgeschoren gazon van een echte tuin die
glooiend afliep, omdat de woning op een kunstmatige hoogte
was gebouwd.
Achter hem lag Ludie op de bank die je desgewenst door middel van een enkele handeling kon verbreden en waar je in de
achterbouw alles binnen handbereik had, de knoppen van het
glanzende televisietoestel dat in de andere hoek van de kamer
stond, van de uitgebreide geluidsinstallatie met zijn vier luidsprekers, de knop van de voordeur, boeken, platen en sieraden.
Slechts een enkele keer liet hij een zacht gemompel horen dat
van alles kon betekenen en alleen bedoeld leek om de adem-
pauzes van de ander op te vullen.
Tenslotte gingen ze met zijn drieën op de bank zitten, waar de
verkoper en de architect aan de hand van talloze kleurige ca-
talogi begonnen te berekenen hoeveel de kosten van verbouwing en vernieuwing ongeveer zouden bedragen, terwijl Jack

131

dromerig voor zich uit staarde en soms afwezig knikte bij het noemen van de prijzen.

Zelfs toen het geschatte eindbedrag eruit rolde – een som van drie keer zijn jaarsalaris en zelfs nog iets meer – reageerde hij nauwelijks.

Al spoedig stond de binnenhuisarchitect met een diepe zucht op. 'Kan ik de rest echt aan je overlaten?' vroeg hij de verkoper nadrukkelijk en liet zijn ogen even snel in de richting van Jack glijden. Daarna gaf hij Jack een hand, mompelde iets beleefds en verdween.

De verkoper scheen plotseling op te leven. Hij kuchte en keek even nerveus rond, voordat hij begon te praten.

'We hebben gisteren een bijzonder vernuftig apparaatje binnengekregen, meneer,' zei hij en knipperde met zijn ogen. 'Voelt u er misschien iets voor om er als eerste klant gebruik van te maken?'

Jack ontwaakte uit zijn gepeins. 'Een apparaatje? . . .'

'Het is een zogenaamde Expectation Responder, een verwachtingen-beantwoorder, meneer, een Amerikaanse vinding.' Hij diepte een klein apparaat en twee metalen staafjes uit de zijzak van zijn jasje. Het was ongeveer zo groot als een maxilucifersdoos. Het omhulsel was van doorzichtig plastic en onthulde een bijzonder fijn samenstel van draadjes, schijfjes en spoeltjes.

De verkoper liet het hem van alle kanten zien, terwijl hij Jack scherp observeerde, en begon toen weer enthousiast te praten. 'Een paar maanden geleden hebben er uiterst belangwekkende artikelen over in de krant gestaan, meneer. Hebt u er misschien een van gelezen? Nee? Jammer, meneer. Ons warenhuis prijst zich gelukkig als eerste van het land beslag te kunnen leggen op dit vernuftige toestelletje. In Londen zijn er al heel wat successen mee geboekt, en niet alleen op het gebied van woninginrichting, dat verzeker ik u.'

Bij deze laatste woorden keek hij op zijn manier schalks, suggererend dat het iets met sex te maken had, en liet hij zijn lange, knokige vingers met een akelig geluid knakken.

Jack likte aan zijn droge lippen, stond op het punt iets te zeggen, maar de ander weerhield hem met een dwingende hand op zijn arm.

'Laat me het u even verder uitleggen, meneer. Het apparaat, de Expectation Responder, is ontwikkeld door twee Amerikaanse geleerden, Robert Rosenthal en Leonore Jacobson, zeer bekend geworden vanwege hun Oak School Experiment, waarover ze onlangs een boek hebben geschreven.'

Hij haalde een Amerikaans tijdschrift uit zijn binnenzak en alsof hij de passages uit zijn hoofd geleerd had – en dat was waarschijnlijk ook zo – begon hij vlot te vertalen:

'Voorspellingen immers willen werkelijkheid worden. Hierin schuilt het geheim van de bliksemcarrière van een jong talent, van de marktveroverende kracht van een nieuw geneesmiddel of van een met veel tamtam aangekondigd wasmiddel. Het lijkt ongelooflijk, maar bij de doolhofexperimenten presteren proefdieren méer als men de proefleider wijs heeft gemaakt dat het ratten zijn van een intelligent ras dan wanneer men hem de verzekering geeft dat het produkten zijn van inferieure afkomst. Mag men dan van mensen en mensenkinderen iets anders verwachten? Neen, noch in hun gedragingen, noch in hun prestaties.'

Hij wierp een schuine blik op Jack om te zien of deze hem kon volgen, glimlachte en ging verder:

'Er is gebleken dat niet alleen deugdelijke geneesmiddelen effect sorteren, maar dat een placebo (een waardeloos vervangingsmiddel) bijna evenveel succes heeft als men er maar vertrouwen in heeft. Misschien verklaart dit hoe het mogelijk is dat de stand van geneesheren erin geslaagd is in hoog aanzien te blijven, ook in de eeuwen toen er nog geen enkel deugdelijk geneesmiddel was. Verliest de geneesheer zijn vertrouwen in een geneesmiddel, dan zal hij er daardoor ook minder succes mee hebben . . .

Aan een groep dames werden orale contraceptives . . .'

De verkoper keek even op. De man met het baardje stond in de deuropening en keek somber in hun richting. Hij peuterde even met een paperclip in zijn met haar overwoekerde oren, tikte tegen een van de kunststoffen wanden, schudde bedroefd zijn hoofd en verdween weer.

De man naast hem liet een zacht hinnikend geluid horen. 'Een beetje getikt, meneer, zoals alle artiesten trouwens. Stoort u zich maar niet aan hem. Waar was ik gebleven? O ja . . .

Aan een groep dames werden orale contraceptives verstrekt zonder hen te waarschuwen voor ongewenste nevenverschijnselen, een tweede groep kreeg dezelfde voorbehoedmiddelen met een duidelijke waarschuwing en de derde groep gaf men een placebo, vergezeld van diezelfde waarschuwing. Het merkwaardige feit deed zich voor dat bij de gewaarschuwde dames driemaal zoveel nevenverschijnselen optraden als bij de niet gewaarschuwde en dat het bij de dames met het placebo bijna even erg was.'

Hij klapte het tijdschrift dicht, borg het weer dubbel in zijn binnenzak en bleef kennelijk even van de woorden nagenieten, voordat hij zich weer tot Jack wendde.

'Op grond hiervan of liever, als hulpmiddel voor diverse van deze experimenten is dit apparaatje ontwikkeld, meneer. Het doet de proefpersoon vooruitgrijpen op de toekomst. Het verschaft de proefpersoon een helder inzicht in een bepaalde situatie, zoals in de situatie waarin u thans verkeert: zal ik het doen of zal ik het niet doen? Zal die hele verbouwing met alles wat eraan vastzit aan mijn bedoelingen beantwoorden of niet? Dit toestel verschaft u inzicht. Sommigen praten in dit verband over helderziendheid, maar dat is mij een te erfelijk belast woord, meneer, belast met bijgeloof, bedoel ik. Terwijl dit apparaatje' – hij woog het in zijn hand – 'op zuiver wetenschappelijke basis is ontwikkeld.'

Jack plooide zijn lippen tot een ongelovig lachje, maar moest zichzelf toch bekennen dat hij enigszins onder de indruk was. Het sprak hem aan, vooruitgrijpen op de toekomst, helderziendheid. Bij sommige woorden had hij zijn adem ingehouden en in een flits iets van de toekomst gezien. Hoe zou het zijn als je de toekomst af kon tasten, van tevoren al kon zien of je verwachtingen zouden worden beantwoord. Wat ze ook met proefpersonen uithaalden, er was nooit een garantie van honderd procent.

Hij was de man naast hem even vergeten, steunde zijn hoofd met zijn handen en zag hen bewegen in het vernieuwde huis, Ludie, hijzelf, de kinderen. De kinderen waren aan het boetseren in de hobbykamer. Ludie had zijn armen rond zijn nek geslagen en leunde licht tegen hem aan, dankbaar en diep bevredigd.

De verkoper had zijn hand weer op zijn arm gelegd.

'Kijk, u steekt die staafjes in uw oren en verder niets. Ik stel dit apparaatje in werking – klik – en u loopt door het huis, bekijkt dit en bekijkt dat, u denkt eraan hoe het zal zijn als u er eenmaal in woont, u denkt aan uw vrouw, hoe ze zal reageren op de nieuwe omgeving . . .'

Hij likte snel wat speeksel naar binnen dat in het vuur van zijn woorden uit zijn linkermondhoek was gedropen.

'Ik . . . ik heb er zelf ook mee geëxperimenteerd, meneer.'

De blankroze kleur van zijn wangen werd iets dieper.

'Ik heb het uitgeprobeerd met een meisje. Ze staat in de wollenstoffenafdeling van deze zaak en wilde tot voor kort weinig van me weten, terwijl ik van mijn kant . . .'

Hij knipperde weer met zijn ogen.

'Op een gegeven ogenblik heb ik haar zo ver weten te krijgen dat ze die staafjes in haar oren stak en haar gedachten op mij concentreerde. Hoe ik dat gedaan gekregen heb zal ik u maar niet vertellen, maar ik verzeker u dat ik er heel wat moeite voor heb moeten doen. Na afloop van het experiment vertel-

135

de ze me openhartig dat ze een heel eigenaardige gewaarwording had gekregen die met mij verband hield. Ze zei het enigszins anders, maar ik druk het nu heel kies uit . . .'

Jack knikte en grinnikte even.

'Heel kies,' mompelde hij. 'Weet uw chef hiervan? Dat u dat apparaatje voor uzelf gebruikt, bedoel ik?'

Hij keek de ander die nu van roze dieprood geworden was, onderzoekend aan. Zoals hij daar zat in zijn sobere nette pak, een beetje dom, hem met grote ogen aanstarend, leek hij een beetje op een lid van een of andere sekte, een fanaticus die de wereld een nieuwe boodschap wil brengen.

'U vertelt het toch niet verder, meneer?'

Zijn hand knelde nu rond Jack's arm. Jack voelde diep in zich de drang om het experiment te wagen, hoe krankzinnig het ook leek.

'Kom, steek die dingen maar in mijn oren. Ik wil het weleens ervaren,' zei hij tenslotte. En zoals altijd als hij zich eenmaal gewonnen gaf, begon hij, nog voordat hij de staafjes in zijn oren voelde glijden, in de geest al op de komende dingen vooruit te lopen.

Even later zat hij alleen in de woonkamer op de bank, waar hij in zijn overpeinzing aan de bar Ludie had gezien. Hij moest even om zichzelf lachen toen hij opstond om haar ruimte te geven en zich behaaglijk liet zakken in de uit één stuk vervaardigde stoel van een of andere onbekende stof die hem al eerder was opgevallen en precies en soepel de lijnen van zijn lichaam volgde.

Hij sloot zijn ogen en dacht intens aan Ludie, Ludie die zich licht en sierlijk door de kamer bewoog en kopjes in de luxueuze groene kast zette. Buiten klonk het gefluit van een merel, een zomers geluid, en hij stelde zich voor dat de vogel bovenop het linnen dak van de schommelbank zat en recht tegen de stralende zon in floot.

Het was nauwelijks meer denkbaar dat hij zich nog in het warenhuis bevond en dat een paar verdiepingen lager nog steeds grote aantallen huisvrouwen in bakken met jumpers aan het graaien waren.

Hij opende zijn ogen, liet zich van de stoel af glijden en liep naar het raam dat op de tuin uitkeek.

Er ging een schok door hem heen, toen hij de merel weer hoorde fluiten, nog duidelijker dan zoëven. Het dier zat bovenop de lange centrale antenne die zich ergens achter de bomen vandaan omhooghief naar de blauwe hemel, een zwart beweeglijk vlekje dat trilde in het tegenlicht en een ongelooflijk vol geluid voortbracht.

'Je bent vroeg thuis,' zei Ludie's stem achter zijn rug. Hij voelde een prikkeling in zijn nek en zijn rug werd ijskoud, alsof iemand een glas koud water in zijn kraag had geleegd. 'En wat is er zo interessant aan de tuin dat je daar eerst naar gaat staan kijken voordat je me gedag zegt?'

'Hè? O ja, ik ben wat vroeg. Voelde me niet lekker. Hoofdpijn,' hoorde hij zichzelf tegen de glanzend schone ruit zeggen.

'Pardon, meneer?'

De roze verkoper was het vertrek binnengekomen en keek hem verbaasd aan. 'Ik kwam even zeggen dat ik u nog even alleen moet laten, meneer,' zei hij met zachte, verontschuldigende stem. 'De anderen zijn even weg om koffie te drinken en nu sta ik er alleen voor. Zodra ik die klant heb geholpen, sta ik weer tot uw beschikking . . . Werkt het, meneer?'

Jack knikte flauwtjes, knikte en wreef met zijn volle hand over zijn vochtige voorhoofd en brandende ogen. 'Ja ja, dank u,' zei hij zwakjes. 'Ik kijk nog wel even rond.'

Pas toen de verkoper al een hele tijd weg was, dorst hij zich om te draaien. Zijn hart ging tekeer en hij had het gevoel dat het bonken ervan door zijn overhemd te zien moest zijn. Hij keek schuw naar Ludie die in een schilderachtige houding op de bank lag.

Na enige aarzeling liep hij naar haar toe en kuste haar vluchtig op de wang die zoetig naar crème en poeder smaakte.

'Hoe is het gegaan vandaag?'

Ze plukte aan de noppen van de bekleding, keek hem aan en wendde haar blik weer snel af.

'Goed,' zei ze met een lichte golving van de oe die strijdig was met de inhoud van het woord.

'Heb je je erg verveeld?'

'Och . . .'

Hij streelde haar kleine koude handje.

'Je zou iets moeten gaan doen, liefje, huisvrouwengymnastiek, emailleren, tennissen, sociaal werk, paardrijden. Er is zoveel. Je zou iets moeten doen dat je helemaal in beslag neemt, iets om je leven zin te geven. Ik heb weleens het gevoel dat je die atypische pijnen hebt, omdat je alles hebt wat je wilt, een prachtig huis, een royale tuin, kinderen over wie je niets te klagen hebt . . .'

Ze schokte met haar schoudertjes. De zachte ronding ervan ontroerde hem en deed een versregel naar de oppervlakte van zijn bewustzijn stijgen – het lieflijkste is niet weer te geven, je schoudertjes, je ogen niet . . . Maar haar ogen bleven onzichtbaar onder de lange, rechte wimpers.

'Alsof paardrijden mijn leven een diepere zin zou kunnen geven.'

Ze draaide onder hem weg, stond op, pakte een tijdschrift uit de standaard en begon er lusteloos in te bladeren.

Hij bleef hulpeloos staan met hangende armen.

'Heb je . . . heb je er soms spijt van dat we het huis hebben laten verbouwen?'

Er kwam een vleugje kleur op zijn wangen en er was iets van ingehouden drift in zijn stem.

'Je wilt me toch niet vertellen dat je terugverlangt naar de tijd dat je al die ingewikkelde randjes en paneeltjes van alle deuren een sopje moest geven, dat je zelf de vaat moest doen, dat je de hele dag op je knieën moest liggen, dat je . . . noem maar op.'

Hij liet een kort vreugdeloos lachje horen en zag weer even bleek als tevoren.

'Het is wel vreemd gelopen, hè?' peinsde hij hardop. 'Jij wilde het eigenlijk helemaal niet, die verbouwing. Bang dat ik het niet zou kunnen betalen. Toch is het zo dat we sindsdien . . . In het oude huis hadden we Breepost nooit durven ontvangen en daardoor, omdat we hem nu wel uitnodigden, heb ik die baan gekregen, waar of niet? Toch heb ik steeds het gevoel dat jij . . .'

'Welnee, hoe kom je erbij?'

Haar stem klonk vreemd en schor.

Hij zag dat ze gespannen naar de deur keek die op de hobbykamer uitkwam en haar ogen snel afwendde toen ze in de gaten kreeg dat hij het opmerkte. Opeens kreeg hij een hol gevoel in zijn maagstreek, hetzelfde gevoel als hij vroeger eens ervaren had in een dierentuin. Het was al een beetje schemerig en overal om hem heen klonk het weemoedige geluid van dieren, gedempt door de koele avondlucht. In een vlaag van overmoed had hij zijn vaders hand plotseling losgelaten en was een pad op gerend met aan weerskanten een rij grillige bomen die boven zijn hoofd hun takken ineenstrengelden. Geleidelijk was hij langzamer gaan lopen uit angst voor de geladen sfeer die hem scheen te omsingelen en magere grijpvingers naar hem uitstrekte. Gillend van angst was hij naar zijn vaders veilige warme hand teruggerend.

Pierson! dacht hij. Pierson! De angst kneep zijn keel dicht. Het was of zijn aanwezigheid zichtbaar was in Ludie's ogen, of zijn dierlijke geur in de kamer hing, Pierson's lichaamsgeur. Had hij die ooit geroken? Misschien eens, toen ze samen, Pierson en zijn vrouw, Ludie en hij met auto en caravan naar Spanje waren gereden. Hij wist het niet meer en kon zich

139

moeilijk voorstellen dat die geur ergens in een vakje van zijn geheugen was opgeborgen en nu te voorschijn kwam, alsof het plotseling was opengesprongen. En toch . . .

'Wat ben je stil? Is er iets?' Ludie's trillende stem.

Het bloed vloog in strepen naar zijn wangen. 'Ja!' knalde zijn stem.

Ze keek geschrokken van haar tijdschrift op en haar gezicht leek opeens kleiner, smaller, witter . . .

'Pierson is hier in huis, nietwaar? Ik heb je naar die deur zien kijken . . . Zeg op!'

Hij schreeuwde de laatste woorden en schopte tegen de zware metalen tafel die maar weinig meegaf, slaakte een luide kreet, als een haas die door een wezel wordt besprongen, en begon toen als een krankzinnige de kamer door te rennen op zoek naar een wapen, een voorwerp, waarmee hij . . . 'Ik vermoord hem,' siste hij, 'ik vermoord hem, ik sla hem dood als hij binnenkomt.'

Hij greep de keramieken schemerlamp, rukte de kap eraf en ging met verwilderde ogen voor haar staan.

'Roep hem dan, liefje! Roep hem dan. Piersóóón! Piersóóón! ach nee, idioot dat ik ben. Aléééx! Alééx! Ik hoor het je roepen, zoals je vroeger Jáàck riep, Jáàck! Uit de slaapkamer, uit de badkamer, uit de keuken. Jáàck!'

Ze was verstard blijven zitten, het tijdschrift verfrommeld in haar handen waarvan de beentjes wit door haar huid schemerden, haar ogen star op de deur gericht; met bleke prevelende lippen die geen geluid voortbrachten.

Plotseling hoorde hij achter zich zachte voetstappen. Hij wervelde rond en zag het rozig blanke gezicht van de ander volkomen argeloos in de deuropening verschijnen.

Met een woeste schreeuw stortte hij zich naar voren en zijn hele beperkte lichaamskracht was gebundeld in de slag die hij op het gehate hoofd deed neerkomen.

De lamp sprong in talloze stukjes en scherfjes uiteen die met het effect van een ontploffende handgranaat door de kamer vlogen en overal kletterend neervielen.

'Maar ... maar meneer,' stamelde de roze verkoper in een zielige poging om beleefd te blijven, 'ik kwam alleen ...'

Hij deed nog een stap naar voren, scheen toen over zijn eigen benen te struikelen en terwijl zijn kinderlijke blauwe ogen langzaam naar boven wegdraaiden, viel hij voorover op de vloer.

Jack staarde naar het lichaam dat nog even schokte en toen roerloos bleef liggen. Zich tenslotte met moeite losrukkend keek hij naar de plaats waar Ludie zat. Ze was verdwenen ...

Hij liep snel op de bank toe en legde zijn hand op de zitting om te voelen of er soms iets van haar lichaamswarmte in de bekleding was achtergebleven, maar er was niets van warmte te bespeuren.

Toen de binnenhuisarchitect met een andere klant kwam binnenlopen, zat Jack gehurkt bij het dode lichaam. Zijn hand streelde de korte nekhaartjes van zijn slachtoffer en hij staarde verwezen naar de tuinafdeling, waar de modelpop nog steeds opgewekt stond te glimlachen boven het handvat van zijn grasmachine ...

Een paar uur later zat de man met het baardje met het hoofd in de handen op een wrakke stoel van het hoofdbureau van politie.

'Ik had het nooit zo ver moeten laten komen,' zei hij peinzend. 'Ik wist dat hij een beetje getikt was en die klant leek me nogal suggestibel. Stom van me, ongelooflijk stom. Al die science-fiction-nonsens van hem met die Expectation Responder, waarmee hij de klanten lastig viel.'

Hij keek naar het nietige apparaatje op het bureau van de inspecteur. 'En dan te bedenken dat het een paar doodonschuldige staafjes zijn en een prul van een transistorradiootje uit Rood-China!'

141

Een tweezaam bestaan

Al dat vuil, dacht hij

De man in de kleine vlet tuurde naar zijn dobber, niet meer dan een minuscuul stipje dat op en neer danste op het weidse, gladde wateroppervlak van het meer dat zich behalve achter zijn rug, waar het hoge riet lispelde, kilometers ver in alle richtingen uitstrekte.

Eigenlijk was het vissen alleen maar een excuus om bij het aanbreken van de dag alleen te zijn als de ochtendnevel langzamerhand oploste in de steeds warmer wordende stralen van de oranjerode zon: het gevoel van de knokige hengel in zijn hand was zelfs in de loop van de laatste jaren steeds onmisbaarder geworden. En als er eens een visje toehapte – wat niet al te dikwijls gebeurde in de meer en meer vervuilende plas – trok hij het buigzame bamboe heel voorzichtig omhoog om het bekje van de vis, meestal een ondermaats roodvinnig voorntje, niet al te zeer te beschadigen en gooide hij het terug in het water.

Het beeld van de dobber viel wel op zijn netvlies, maar zijn gezichtszenuwen die het stipje aan zijn hersenen moesten doorseinen, waren geblokkeerd door beelden die van binnenuit kwamen, en soms door beelden die van buiten afkomstig waren, maar dan van geheel andere aard – de koele, jonge vrouw in het huis van zijn ouders met wie hij getrouwd was en die zelfs 's avonds in het donkere bed door hem heenstaarde.

Zo af en toe lieten zijn ogen de dobber los om te kijken naar de grote luchtbellen die op een tiental meters afstand met kleine, regelmatige tussenpozen naar de oppervlakte stegen, luchtbellen en wolken fijnverdeeld vuil dat langzaam uiteendreef en de troebele, gele kleur van het water verdichtte.

Wat is de betekenis van al dat vuil? peinsde de man en hij dacht daarbij beslist niet aan boze stukken in de krant of verontwaardigde brieven aan de raad, niet aan protesten tegen de watervervuiling die overal schrikbarende vormen begon aan te nemen. Het ging hem om de zingeving van deze schijnbaar zinloze wolken vuil. Net zoals hij in de verhalen die hij heimelijk schreef, zin gaf aan mysterieuze, gonzende geluiden in de nacht, aan vurige stippen die langs de hemel flitsten en aan het bijna onmerkbaar trillen van de grond dat hij enkele malen had waargenomen. Hij liet de verhalen aan niemand lezen, maar stopte ze weg in de oude secretaire die hij van zijn vader had gekregen, zich schamend dat hij niet in staat was welk verhaal dan ook helemaal ten einde te schrijven.

Al dat vuil, dacht hij. En niet alleen hier, maar ook op verschillende andere plaatsen in het meer, al dat vuil. Zijn ogen gleden van de dobber af en hij liet zich zakken langs het snoer, voorbij het haakje met het deeg en verder nog, tot op de bodem, tot er een koepel van water boven zijn hoofd stond, een koepel van water die een koepel van lucht bedekte, een luchtbel, misschien wel onder de bodem, bekleed met soepele kunststof, van binnen een eigen aarde en een eigen hemelgewelf met wanden die, al naar de kunstmatige dag voortschreed, een feller licht begonnen uit te stralen. In gedachten begon hij het verhaal al te schrijven . . .

Waar ben je, Jon?

Met een vage glimlach rond zijn lippen inspecteerde Brint zijn laaggezolderde, uit vijf ineenlopende vertrekken bestaande appartement dat met zijn overal afgeronde hoeken de indruk gaf volmaakt aan het onbeklede, kwetsbare menselijke lichaam te zijn aangepast.

Hij bleef een ogenblik bij de boogvormige ingang van de badkamer staan die ongeveer een halve meter lager lag dan de

143

omringende vloer en geheel uit een met angoratextiel beklede, verende substantie bestond, en keek goedkeurend rond. Alles was in gereedheid gebracht voor de nieuwe vrouw die morgen haar intrede zou doen om de plaats van Murbi in te nemen. De glazen stonden slank en blinkend op de bar, de geluidsinstallatie die met zijn uit vier hoeken van de kamer aangolvende klanken rillingen van verrukking door hun beider, elkaar omstrengelende lichamen zou zenden, was perfect in orde, en het langzaam wentelende licht dat overal en nergens vandaan scheen te komen, toverde veelkleurige lichteffecten op wanden en bed.

Toch was er de laatste tijd iets vreemds in zijn leven gekomen, peinsde hij, iets dat hem had beroofd van de bevrediging die hij tot nu toe in zijn bestaan had gevonden. Hij weet het aan de zonderlinge dromen die sinds kort zijn slaap bevolkten, dromen die zich afspeelden in een totaal andere wereld. Dat vreemde, zo echt lijkende droomleven was er waarschijnlijk ook de oorzaak van geweest dat hij Murbi al na een paar weken nogal bot had laten merken dat hij genoeg van haar had. Elke nacht weer zwierf er een vrouw in zijn dromen rond, een vrouw zonder lichaam, zonder gezicht, slechts een voelbare aanwezigheid die soms zelfs tot in zijn waakleven doordrong. Als hij rusteloos door zijn kamers liep en zijn lichaam ergens onverhoeds mee in aanraking kwam, zijn dijbeen met de koele ronding van een stoel of zijn arm met een zacht gordijn, verstarde hij plotseling – in de mening dat hij haar had aangeraakt.

Soms hoorde hij haar stem. Hij bleef luisterend staan, met gebogen hoofd, bang en toch verlangend de ijle klank te horen. Ditmaal kwam haar stem uit de richting van de open hal, waar haar gestalte tijdens een onderdeel van een seconde scheen te materialiseren en meteen weer vervaagde, de lijnen van een klein blond lichaam, een even geopende mond en een prachtig gevormde schedel, alsof een tekenaar haar even met

144

een paar vlugge lijnen had opgeschetst en weer door een enkele trilling van het papier had uitgewist.

Hij liet zich in een stoel vallen die zich onmiddellijk om hem heen sloot. 'Jon,' kreunde hij, 'Jon, waar ben je, Jon?'

Wie was zij, deze Jon? Waar kwam ze vandaan en wat betekende ze voor hem?

Zijn lippen plooiden zich tot een nerveuze glimlach. Natuurlijk wist hij het diep in zijn binnenste. Ze was de zin, het einddoel van het eeuwige zoeken, waaraan hij in zijn dromen ten prooi was. De laatste nachten had hij het gevoel gekregen heel dicht bij haar te zijn, alsof de onbekende vrouw een vreemde kracht uitstraalde die hem aantrok. Hij had aan de oever van een groot water gestaan, een immense spiegel waarin grote, grauwe gevaarten zichzelf mismoedig aanstaarden. Alles was onmetelijk in zijn droomleven, angstwekkend ook, omdat alles bewoog en leefde, het water dat soms opspatte van kwikzilverige dingen die het oog nauwelijks kon waarnemen, de groene en gele franje-achtige groeisels aan de waterkant die zacht over elkaar heen schoven, kwakende stippen in de verte, aangroeiend tot wuivende wezens die in een lange glijvlucht op het gladde wateroppervlak neerkwamen en daar lange, zilverige sporen trokken die het water tot aan de kant waar hij stond, deden rimpelen.

Hij liep met een peinzende uitdrukking op zijn gezicht naar de bedkamer en nadat hij de totaalverlichting had stilgezet en zachtgedraaid, strekte hij zich op het zachte angora uit. Alle contouren van de toch al vloeiende vormen in de kamer werden nog vager en ook zijn geest vervloeide geleidelijk tot slaap, tot droom ...

Het huis met de blinde hoofden

Een adem als van een bovenmenselijk wezen waaide over zijn kaalgeschoren schedel en deed ergens boven hem iets machtig

145

ruisen. Hij lag op zijn buik op een vreemde, veerkrachtige on-
dergrond die vochtig aanvoelde en snoof de geur ervan op,
een geur die hij niet thuis kon brengen en hem toch bekend
voorkwam, fris en muf tegelijk. Hij tastte om zich heen en nam
er wat van in zijn hand, kneep erin en voelde zoiets als water
tussen zijn vingers doorlopen.

Hij ging op zijn knieën zitten en keek om zich heen. Boven
zijn hoofd breidde een machtige vorm zijn grillig bebladerde
takken uit. Slechts in de verte deed het gevaarte hem denken
aan de bomen in de koepel die hij kende, schrale kale stam-
metjes met een volkomen regelmatig bladerdak, vervaardigd
van papier en plastic en bedoeld om de juiste sfeer voor Ont-
moetingen te scheppen.

Het was niet zoals de droom aan het meer, waar hij gelopen
had in een lichte, onmetelijke ruimte. Het was hier duister
en behalve de reus boven zijn hoofd die ruisend scheen te spre-
ken, kon hij niet veel onderscheiden. Toch viel het hem ook nu
weer op dat hier, in tegenstelling tot in de waakwereld waar-
in alleen de mensen leefden en bewogen, alles scheen te leven,
de weke grond die het hem moeilijk maakte zijn voeten op te
tillen en de lucht die de bomen deed ruisen en de lage, be-
bladerde vormen die dicht opeen om hem heen stonden en de
grijsgroene franje die het grootste deel van de bodem bedek-
te, deed buigen en ritselen en knisperen. Dingen die op stuk-
ken zwart papier leken en een zekere gelijkenis vertoonden
met de wuivende wezens boven het meer, vlogen uit de boom
te voorschijn en maakten een krassend geluid, toen hij een paar
moeizame stappen deed. Ze fladderden even met grillige be-
wegingen door de ruimte en verdwenen dan in een andere
boom die even verderop stond.

Hij begon nu de hele omgeving duidelijker te onderscheiden.
Wat hem het meest overweldigde was de onmetelijke koepel
boven zijn hoofd die dieper en dieper werd naarmate hij lan-
ger omhoogstaarde en hem op den duur duizelig maakte.

146

Een grote groenige schijf die een bijna menselijk gezicht vertoonde, scheen heel snel achter vlokkige vormen door de ruimte te drijven.

Geleidelijk begon er iets tot hem door te dringen uit een ver en vreemd verleden dat hij herkende als van zichzelf. Hij lag diep in een smal bed gedoken onder een schuin dak, terwijl de lucht om het huis loeide en aan de takken van de bomen rukte. Lange tijd lag hij te luisteren naar de angstaanjagende geluiden om hem heen, trachtend de klank van iemands stem op te vangen, iemand die hij zijn moeder noemde. Op het gekreun van de dakspanten na en het trippelende geluid van . . . muizen, ja van muizen die tussen het plafond woonden, was er binnenshuis niets te horen. Ondanks zijn angst wipte hij zijn bed uit en liep hij langs de krakende zoldertrap naar beneden, zwierf kamer in, kamer uit, op zoek naar het wezen dat zijn moeder was.

Toen hij haar niet vond, deed hij de zware eiken voordeur open die hij slechts met moeite in zijn hengsels kon doen draaien en liep schreeuwend de waaiende duisternis in van drijvende wolken – steeds weer vond hij een nieuw woord – van bewegende schaduwen en natte blaren die uit de bomen vielen en op zijn schouders en gezicht bleven plakken.

Toen hij eenmaal was begonnen te lopen en een soort weg had gevonden van platte stenen, kreeg Brint het gevoel dat hij naar zijn huis terugliep en straks zou worden opgevangen door de weelderige warmte van zijn moeders lichaam. Of misschien door het verrukkelijke lichaam van Jon. Hij voelde haar opeens in al het grote bewegen om hem heen, in de vaart van de grijze flarden boven zijn hoofd, in de groene schijf, de maan, die er soms uit te voorschijn dook en met hem meevoer, in het fladderen van de krassende gedaanten die zo nu en dan uit de grond omhoogwarrelden – waren dat geen vogels? – in het machtige ruisen van de bomen die nu dicht opeen stonden en hun takken stuifziek met elkaar verstrengelden.

Na enige tijd weken de bomen weer uiteen en zag hij hier en
daar lage huizen die als dieren langs de kant van de weg slie-
pen. Dieren, dat waren vogels en . . . muizen en . . .
Ergens in de verte klonken geluiden die hem ondanks al hun
vreemdheid vertrouwd in de oren klonken. Grote donkere,
langzaam bewegende gedaanten waadden door een witte sub-
stantie die de bodem als met een wollen deken bedekte, en
brachten weemoedige klanken voort. Al deze geluiden en beel-
den zochten contact met het leven dat hij tot nu toe geleid had
en vochten in zijn geest tegen de gladde, volmaakte verrukkin-
gen van de koepel en riepen een oneindige melancholie in hem
wakker. Deze steeg als een donkere zee in hem omhoog en
kwam hem tot de lippen toen hij een groot huis in het oog
kreeg met twee hoge smalle ramen aan weerskanten van een
door een afdakje overhuifde deur. Boven de ramen staarden
een aantal met guirlandes verbonden vrouwengezichten zon-
der neus blind naar omlaag.
Een ogenblik werd hij afgeleid toen er vlak voor zijn voeten
een kleine, langgerekte schaduw van amper twintig centime-
ter hoog over de weg glipte en iets zwarts achter hem aan liet
zwaaien. Hij vond de naam alsof hij hem uit de lucht greep
en herinnerde zich weer hoe het was geweest om dit merk-
waardige schepsel – deze poes – op zijn schoot te voelen rond-
draaien en het te strelen. Hij glimlachte en maakte onwille-
keurig het gebaar en voelde de zachte soepele vacht onder zijn
handen doorglijden.
Het dier verdween aan de zijkant van het huis, onder een ijze-
ren hek door en een . . . kalf scharrelde er, rammelend met
een ketting, plotseling op hoge poten overeind.
Hij liep op de deur toe die door het lichten van een eenvou-
dige klink bleek te kunnen worden geopend en met een hart-
verscheurend gepiep naar binnen zwaaide. Hij stond in een
kleine, schemerdonkere ruimte die geurde naar vroeger, een
mengeling van vocht en aarde en de geur van gladde, eetba-

re vruchten waarvan de naam hem niet onmiddellijk te binnen wilde schieten. Hij voelde zijn zwakke melktanden op de schil afglijden en proefde de zachtzure smaak op zijn tong die hem enigszins aan C-sap deed denken.

Brint liep naar de donkerbruine deur aan het eind van de langwerpige hal, waarop men kunstig met verf de fijne nerven van hout had nagebootst. Met de hand op de knop aarzelde hij even, bang voor de desillusie, aan de andere kant niet te zullen vinden wat hij verwachtte.

Al die tijd was Jon's gezicht vaag gebleven, niet meer dan een leeg ovaal dat zich niet met lijnen wilde vullen, maar nu begonnen haar gelaatstrekken geleidelijk op te doemen als een filmbeeld dat al scherper en scherper wordt. Een golf van ongekende ontroering steeg hem naar de keel en deed hem de tranen in de ogen springen.

Maar de kamer was leeg. Het enige licht kwam van een lamp met een rode kap op een orgelachtige secretaire, waarop een aantal dichtbeschreven vellen papier lagen. De tocht die het openen van de deur veroorzaakte, deed de felbelichte papieren ritselen en de zware, pluchen gordijnen voor de hoge, smalle ramen zacht bewegen.

Brint deed de deur achter zich dicht en liep een paar stappen de kamer in. De halflege koffiekop, de pijp op de asbak en de blauwgrijze sliert rook in de gele lichtkegel van de lamp wezen erop dat er zojuist iemand van het bureau was opgestaan. 'Jon?!' riep hij aarzelend. 'Jon?!' De naam bleef even in de kamer hangen en verwekte een nagalm in de hangklok aan de muur die half twee aanwees en tikte met de trage voetstappen van een bezadigd man.

Ergens in huis scheen haar stem antwoord te geven en terwijl zijn hart tegen de binnenkant van zijn ribben hamerde, liep hij kamer in, kamer uit, telkens haar naam roepend. 'Jon! Jon!' Op de eerste verdieping hoorde hij opnieuw haar stem, achter een zware donkere deur vandaan die uitnodigend half *open stond. Hij duwde hem verder open en zag slechts zware duisternis.*

'Brint!' fluisterde nu haar stem hartstochtelijk. 'Brint!' De klank deed de adem in zijn keel stokken. Maar toen zijn hand tastend langs de muur het knopje van het licht vond, stond daar alleen een keurig opgemaakt mahoniehouten bed met een gladde, zeegroene sprei eroverheen die met zijn franje tot aan de grond reikte.

Hij staarde naar de linkerhelft van het blad, waar hij een flauwe indruk van haar lichaam meende te zien, alsof ze er zojuist nog had gelegen en bij het ontsteken van het licht in rook was opgegaan.

Schokkend van ingehouden snikken en wankelend keerde hij langs de brede, houten trap terug naar beneden, waar hij wanhopig aan de secretaire ging zitten, starend naar de overvolle met groen vilt beklede vakjes van de opstand. Pas na lange tijd wierp hij een blik op het bovenste vel papier en begon de eerste regel te lezen.

Wat is de koepel?

Het oude wereldbeeld op verkleinde schaal, de aarde een platte schijf, de hemel een gewelf met elektrische sterren. Hedendaagse materialen: polyvynilchloride, polystyreen, malamine-formaldehydeharsen.

In de koepel wonen dokters, een kleine heersersgroep op een bevolking van een kleine honderdduizend zielen. De dokters zijn vriendelijke, gladkinnige heren in smetteloos witte jassen die de anderen met een beminnelijke glimlach in het leven introduceren, jonge, pasgeboren meisjes het liefdesspel leren en als het nodig is naar de vuilkoker verwijzen, nadat ze hun het hiernamaals hebben beloofd, de tweede koepel, de koepel van het machtige paren zonder beletsel van tijd en ruimte. Het hiervoor- en het hiernamaals, een

150

slang die in zijn eigen staart bijt, een ring rond de koepel, waar alle menselijke wezens uit ontstaan (hoe?) en weer in verdwijnen (als fijnverdeeld vuil dat in wolken naar de waterspiegel van het meer stijgt?)

Mensen uit de ring worden binnen de koepel als volwassenen geboren en herinneren zich nog maar vaag hun vorig leven – of helemaal niet. Het bestaan krimpt ineen tot een kleine cirkel van erotisch amusement. Velen trachten deze door de doktoren getrokken cirkel te doorbreken – relletjes, opstanden – en de beminnelijke witjassen boren kleine gaatjes in de menselijke schedels, zodat de toegang tot het onderbewuste op een mysterieuze manier wordt verruimd. Naast het waakleven dat rimpelloos is en volmaakt, ontstaat een als werkelijkheid ervaren droomleven dat de mensen 's nachts doet leven in een buitenwereld die geheimzinniger is en grootser, maar ook vol onrust en pijn en, hoe dan ook beantwoordt aan een innerlijke behoefte en de mens doet berusten in zijn koepelbestaan van overdag.

Vingeroefeningen

Brint was niet in staat onder woorden te brengen hoe hij zich voelde. In de koepel huilde nooit iemand en droefenis was er een onbekend begrip. Alles concentreerde zich rond een kleine en simpele naam: Jon. Ondanks het gedempte licht dat de dingen hun scherpe contouren ontnam en de zachte muziek die als een tere sluier van tonen in het appartement hing, deed dat woord zijn ogen tranen en branden. In zijn borst was het donker en vochtig als in zijn buitenwereldse dromen en schudde een raadselachtige boom fijne druppels in een stille plas.

In zijn eindeloos lijkende leven hadden velen hem verlaten en was hij bij velen weggegaan zonder een woord; het had hem nooit beroerd. Maar nu was het anders, een vrouw die

nauwelijks een schaduw kon worden genoemd, zwierf voortdurend om hem heen en nam hem geleidelijk – hoewel ze geen lichaam had – zowel naar geest als naar lichaam in beslag. (Te poëtisch)
'Jon,' kreunde hij, 'Jon, waar ben je, Jon?' (Te onverhuld – als iemand dit leest!)

Hij bekeek zijn eigen lichaam met enige verbazing zoals het daar onderuitgezakt in de aansluitstoel lag, liet zijn blikken langs zijn bovenarmen glijden, langs zijn lichtbehaarde borst, zijn navel met vlak daaronder het begin van het waaiervormig groeiende haar dat zich lager verdichtte tot een warrige krans rond zijn penis die slap tussen zijn rechte, blanke dijbenen rustte. Hij volgde de vloeiende lijnen van zijn benen tot aan zijn tenen die hij even bewoog terwijl hij ernaar keek. (Penis klinkt niet zo bloedwarm als ik wel wil, maar gezien de stijl van het geheel voldoet geen enkel schuttingwoord aan de eisen. Misschien dat ik later nog een andere benaming vind.)
Waar kwam dit lichaam van hem vandaan, deze vreemde vorm die leefde, zich bewoog en dacht? Een vraag die al eerder in hem was opgekomen. En waar ging het later heen, als het de ultime injectie had gekregen?
Voor de zoveelste maal bevredigde het antwoord hem niet dat hij kende: naar het hiernamaals, naar een tweede koepel die oneindig hoog was en zich eindeloos ver naar alle kanten uitstrekte, zodat je verre reizen kon maken en vele vreemde dingen zien, dingen waarvan geen oor ooit gehoord en die geen oog ooit gezien had. De koepel van het machtige paren zonder beletsel van tijd en ruimte. (Uit de sterk verouderde medische koepelcatechismus.)
Hij zag het lichaam van Jon plotseling als een machtige, maar machteloze vorm achterover liggen en zwoegend bewegen onder een nog kolossaler, witgejast lichaam en hij schreeuw-

152

de het uit.

Haastig dronk hij het hooggesteelde glas Trepitz dat op de lage tafel had gestaan tot op de bodem leeg en begon rusteloos zijn appartement op en neer te lopen.

Soms, op een dag als deze, als de ene vrouw was gegaan en de andere nog niet gekomen, als hij op zichzelf teruggeworpen was, kon hij een zonderling gevoel niet onderdrukken: dat hij slechts voor de helft bestond en eigenlijk op zoek was naar de andere helft. (Droomleven – Jon – hiernamaals?).

Net als al zijn medemensen was hij geboren in een van de vreemdsoortige bedden van de doktoren, plotseling ontwaakt onder de gespannen blikken van hen die het leven te voorschijn riepen en het hele menselijk bestaan in de koepel bepaalden. Alle mensen kwamen zo gaaf en volmaakt toegerust ter wereld dat ze het totaal van het menselijke leven binnen enkele dagen in hun vingers hadden en slechts gedurende een maand een cursus hoefden te volgen om een van de doorgaans lichte koepelfuncties te vervullen.

Hij had een van de doktoren weleens een vraag gesteld over zijn ontstaan, maar het antwoord was uitgebleven, scheen tot een wereld te behoren die uitsluitend hun domein was, een domein dat ergens iets te maken scheen te hebben met zijn zoekgeraakte helft (?).

Brint vulde het glas opnieuw en dronk het achter elkaar leeg. Zijn handen beefden en er liep een lichte zenuwtrilling over zijn gezicht. Het was gevaarlijk wat hij deed: gedachten koesteren die hij met niemand kon delen, gedachten die over enkele dagen of weken, als zijn brein onverwacht zou worden doorgelicht, misschien voor het oog van de doktoren als monsterlijke gedrochten uit zijn hoofd zouden opstijgen. Sinds het droomleven zich had gepresenteerd, waren de doorlichtingen frequenter geworden!

Bovendien was het slecht om in je eentje in een kamer te zitten. 'Eenzaamheid ruïneert de geest en verwoest het lichaam,' prevelde hij de slagzin na die in elke recreatie-ruimte hing.

Hij kwam resoluut overeind en liep naar de verstuiver, haalde de hendel over en inhaleerde de bittere lucht die als een vlam door hem heen sloeg. Nog enkele malen zoog hij de lucht diep in zijn longen en toen begon zijn hele lichaam te beven. Zijn hoofd maakte kleine, schokkende bewegingen en zijn borstkas zwol tot berstens toe. Hij wendde zich van het toestel af en liet zijn blikken door het appartement dwalen. Alles stond nog precies op zijn plaats, maar zoals altijd was het of de lucht en alle voorwerpen vibreerden en met zijn ogen meebewogen. Hij begon te neuriën, liet zijn handen over zijn glanzende borst en zijden glijden en voelde zich plotseling jong, zorgeloos, veerkrachtig en diep gelukkig. Breed glimlachend en met schitterende ogen liep hij naar de uitdeur.

Tien uur blauw

Toen de lift op zijn verdieping stopte – de hoogste – stonden er al drie mensen in die waarschijnlijk een verdieping lager waren ingestapt om niet op een andere kooi te hoeven wachten: twee mannen en een vrouw. Terwijl de lift naar beneden suisde, liet hij zijn ogen langs haar lichaam glijden en keurde het af als te grof. Hij hield van kleine, blonde, broze vrouwen met fijne beenderen en spaarzaam vlees, zodat de botjes die het lichaam hun vorm gaven, zoals heup- en sleutelbeende-ren, knieën en schouderbladen, overal zichtbaar en vooral voelbaar waren. En hij hield ervan rugwervels als een mu-ziekinstrument te bespelen.

Op de twaalfde verdieping kwam een nog maar nauwelijks

geboren meisje de lift binnen dat enigszins aan zijn verwachtingen beantwoordde. Tussen haar kleine, puntige borstjes droeg ze het driekleurige insigne als teken dat ze op zoek was naar een partner.

Brint betastte zijn eigen fallische insigne en keek naar haar fijne schedeltje dat met een blond waas was overtogen. Het was tot aan haar kleine oorschelpjes zichtbaar boven een gespierde mannenschouder en bewoog zich, wat onzeker nog, in alle richtingen.

Het was druk op Liftenplein A4 toen hij uitstapte, een geheel overdekt plein met een zachtglooiend, lichtgevend plafond. Tussen de ritmische reeksen liftschachten die door hun pasteltinten iets van hun strakheid verloren, bevonden zich open winkels met een uitbundige hoeveelheid aan waren die zo maar voor iedereen voor het grijpen lagen.

Brint bleef op gelijke hoogte met het meisje voortlopen. Behalve het driehoekige teken dat ze aan een goudkleurige ketting om haar hals droeg, had ze een eveneens goudkleurige gordel rond haar uiterst smalle middeltje, waaraan een groot aantal kleine, met roze parels versierde kettinkjes hingen die zacht tinkelden terwijl ze liep. De ringen die ze aan haar middelvingers en -tenen droeg, waren versierd met dezelfde soort roze parels die prachtig bij haar gladde, enigszins roze huid kleurde.

Ze scheen hem niet op te merken en toen hij even stilstond om een stuifsigaret op te steken, was ze tussen de menigte verdwenen die zich midden op het plein had verzameld rond een piano die met veel raffinement werd bespeeld. Hij schoof behoedzaam tussen de mensen door en liet zijn ogen speurend ronddwalen, verlangend haar terug te zien. Even meende hij een glimp van haar op te vangen, maar hij bewoog zich niet, als verlamd. Zoals altijd als hij met haar type in aanraking kwam, vlijmde er een vreemde pijn door hem heen, een begeerte die vermengd was met angst, de angst dat hij niet

155

in staat zou zijn haar te bevredigen.

Hij rukte zich van haar los en probeerde zijn volle aandacht te richten op het spel van de vrouw achter de piano. Hij ging schuin achter haar staan om haar goed te kunnen zien en de dans van haar lange, slanke vingers over de toetsen te volgen. Ze droeg slechts een sober, zwartzijden lint rond haar stevige middel, waaraan een eveneens zwartzijden tasje hing dat rusteloos met haar volle, rijpe lichaam meebewoog. Ze speelde de Tien Uur Blauw, een kwijnende melodie met vele loopjes van parelende, hoge tonen. Ze boog zich daarbij telkens voorover en keek vlak bij de toetsen naar rechts om haar vingers te volgen. Een starre glimlach liet haar vochtige glinsterende tanden zien die bijna even regelmatig gevormd waren als de toetsen van de vleugel die ze bespeelde.

Brint voelde de klanken in zijn lichaam resoneren en nog meer het bonzende ritme van haar linkerhand dat het paringsritme weergaf van al die honderdduizend koepelbewoners die vrijwel tegelijkertijd, om tien uur, hun ruime bedkamers opzochten om de liefde te bedrijven.

Hij sloot zijn ogen alsof hij intens genoot van de Tien Uur Blauw, maar in feite luisterde hij naar zichzelf, maar het bloed dat bonkte in zijn borst en zich ritmisch door zijn slapen perste op een wijze die hem verwarde. Geleidelijk werd het machtige ruisen van bomen hoorbaar en lange tijd bleef hij zo staan, terwijl de muziek voortkabbelde en bonsde en zich vermengde met het ruisen en bonken.

Hij keek pas weer op, toen de laatste tonen van de Blauw waren verklonken. De vrouw zat roerloos op haar krukje. Ze hield haar langwerpige, donkere hoofd, waarvan hij dacht dat het volmaakt in zijn handen zou passen, licht zijwaarts en liet het applaus dat lang aanhield, over zich heen gaan. Toen stond ze op en verwijderde zich tussen de menigte die zich begon te verspreiden.

Brint volgde haar hoewel ze geen driehoek tussen haar ste-

156

vige borsten droeg. Hij deed het zo onopvallend mogelijk, omdat het streng verboden was achter onvrije vrouwen aan te lopen.

Ze ging een van de bars binnen die aan de voorkant open was en op een kijkdoos leek. Deze was geheel met een soort zwart velours bekleed, waardoor de matglanzende lichamen van de mannen en vrouwen die er zaten, scherpe contouren kregen. Het was een fascinerend gezicht, vooral omdat het meubilair, de tafels en de stoelen, de bar en zelfs de vloer die iets lager lag dan straatniveau, eveneens zwart waren gehouden. Het was of alle bezoekers in de donkere ruimte zweefden, sommige met halve lichamen of halve ledematen, waar deze gedeeltelijk achter tafels of stoelen schuilgingen.

Hij liep naar beneden en ging aan de zijkant van de bar zitten om haar in het oog te kunnen houden. Zonder naar de barman te kijken vroeg hij: 'Een Trepitz alstublieft.'

'Hai, Brint!' hoorde hij opeens zeggen. 'Leuk je weer eens te zien, kerel!' De barman zette een glas voor hem neer en schonk hem in uit een met goudpapier omwikkelde fles.

Brint schrok. 'Donof? Zit jij hier tegenwoordig? Hoe lang al?' De ander glimlachte, schonk zichzelf eveneens in en leunde naar voren. 'Een paar maanden. Daarvoor heb ik zes maanden toiletten schoongemaakt – twee op één dag maar liefst – maar om eerlijk te zijn: dit doe ik liever.'

'Zou ik denken.'

Het gesprek volgde de sporen van een tevoren opgenomen band.

'Tja, alles moet gebeuren, dacht ik maar als ik aan zo'n plee bezig was.'

'Alles moet gebeuren,' beaamde Brint de koepelslogan van Donof, terwijl hij de donkere vrouw fixeerde die hem zo nu en dan een omfloerste blik toewierp.

'Zo,' zei Donof, een man met een vierkante kin en diepliggende grijze ogen. 'Met wie ben jij tegenwoordig? Nog met

157

Shell?'

'Shell?' Brint lachte. 'Dát is lang geleden!' Hij herinnerde zich haar nog maar nauwelijks. Iets molligs, dacht hij, iets rossigs met sproeten. Hij had haar voor de lol genomen, omdat hij zich destijds bezighield met lijnpuzzeltjes voor een amuseerblad. Verbind alle punten met elkaar en je krijgt tot je verbazing iets waarmee je kunt vrijen. Iedereen was er gek op. 'Rood met sproeten,' zei hij.

Donof gaf van plezier zo'n harde klap op de diepzwarte toonbank dat de glazen rinkelend opsprongen. Ja, dat weet ik nog. Je hebt me weleens verteld dat je trekpuzzels maakte op haar rug, van de ene sproet naar de andere.'

'Trekpuzzels, dat is het juiste woord.' Brint wreef met zijn hand over zijn achterhoofd dat alweer stoppelig begon te worden. Toen hij weer naar de donkere vrouw keek zag hij iets tussen haar borsten glinsteren.

Even later stond ze op en liep naar een van de verstuivers die op regelmatige afstanden van elkaar aan de zwarte muren bevestigd waren. Aan haar schouders en teergewelfde rug – haar schouderbladen staken iets uit en gaven haar rug iets kinderlijks dat hem ook beangstigde – zag hij dat ze enkele malen diep inhaleerde. Plotseling zag hij de bekende rilling over haar rug lopen en haar hoofd schokkende bewegingen maken. Niemand behalve hij lette erop. Hij glimlachte vertederd toen hij haar, naar het scheen groter en glanzender, naar haar tafeltje terug zag lopen en hun blikken elkaar kruisten.

'Nog iets interessants gedroomd de laatste tijd?'

'Och, niet zoveel bijzonders,' loog hij.

Donof liet een pretgeluidje horen en zijn diepliggende ogen glinsterden. 'Ik maak de laatste tijd toch iets mee.' Hij schudde zijn hoofd. 'Een vrouwtje ontmoet in mijn droomleven...'

Hij wel, dacht Brint.

Donof klakte met zijn tong. 'Zo zie je er hier niet veel rondlopen.' Hij wreef over zijn maag, alsof daar zijn sexleven zetelde. 'Het was nogal vreemd. Die eerste keer dwaalde ik in het pikkedonker door een bijna lege ... nou ja, net zoiets als de koepel, maar dan veel viezer en ouder en onregelmatiger gebouwd, alsof ze hier en daar zo maar iets hadden neergekwakt. Opeens komt er uit een portiek een vrouwtje op me af met wat todden aan haar lichaam; niet al te veel gelukkig. Ze zegt tegen me: "Ga je mee, schat?" zegt ze. Zomaar, zonder al dat ritueel van hier, weet je wel. Nou, wat doe ik? Meegaan natuurlijk. Een rotzooitje daar thuis! Maar het ging allemaal prima, zonder een wolkje stuif. Kun je nagaan! Ze wou nog iets van me, toen ik tenslotte weg wilde gaan, een of andere stunt zeker. Wát weet ik nog steeds niet, want elke nacht word ik wakker tegen die tijd . . .'

Hij wreef de bar schoon met een zwarte doek. Alleen . . .' – hij hield op met wrijven en vertrok zijn gezicht tot een vreemde grimas – 'alleen ... sinds gisteren heb ik een beetje jeuk aan mijn apparaat.' Hij keek bezorgd langs zijn behaarde borst omlaag. 'Een beetje rood en opgezwollen. Wat denk jij dat het is?'

'Ga eens naar een dokter,' antwoordde Brint. Hij dronk snel zijn glas leeg, want de donkere vrouw was opgestaan en wenkte.

De Plaats der Ontmoeting

Grote, doorzichtige deuren zwaaiden automatisch voor hem open en zoefden weer achter hem dicht. Hij bevond zich nu buiten de huizenring die de cirkelvormige recreatieruimte omgaf en volgde haar over de hoofdweg die naar het middelpunt van de koepel leidde.

Het was zes uur en de totaallichten begonnen geleidelijk zwakker te branden met als gevolg dat de sportterreinen zich scherper begonnen af te tekenen, rechthoekige blokken licht

159

die als een soort enorme ijsbroden met gerafelde onderkanten – het publiek – op de bodem rustten.

Hij zag haar bij de standplaats een rijstoel nemen en haalde er ook een uit de al aardig uitgedunde rij. Bijna niemand begaf zich lopend naar het middelpunt dat zich op ongeveer drie kilometer afstand van de woonruimtering bevond en de weg was dan ook vol rijstoelen die zich bijna geruisloos voortbewogen over de feilloos gelijke bodem, tegelijk het dak vormend van de industriële ruimten ondergronds.

De immense koepel hing vol schemerig geluid en murmelende schemering en Brint had het gevoel of hij niet werkelijk leefde, lichaamloos was, slechts een denkbeeldig punt dat zich in een denkbeeldige ruimte voortbewoog.

Hier en daar werd gedempt gelachen in de rijstoelen die, meestal met tweeën aaneengehaakt, overal om hem heen voortreden. In de verte, aan de rechterkant van de weg, klonk telkens een zwak gejuich op van een sportterrein waar zich veel publiek verzameld had voor een waarschijnlijk belangrijke wedstrijd – welke kon hij zich niet herinneren. Soms zag hij een felbelichte speler hoog boven de compacte massa uit springen.

Hij moest moeite doen om zich op de vrouw te concentreren, om wakker te blijven en hij had de indruk dat zijn dromen voortdurend pogingen ondernamen de werkelijkheid te doordringen en zelfs te verdrijven. Hij zat in iets wiegelends en aan zijn... zijn hengel hing een spartelende glinstering – een vis, schoot hem opeens te binnen – en een kort ogenblik flitste het door hem heen dat hij even tevoren vreemde dingen had gezien die hij moest trachten te verklaren, wolken fijnverdeeld vuil die naar de waterspiegel opstegen en grote luchtbellen. Ze hadden een vreemde, diepe zin, maar welke?...

Ze begonnen de rotonde te naderen, een lichtende plek voor hen uit die de dromen verjoeg en vanwaar een stampend

ritme tot hem doordrong en koperen pijnscheuten die jan-
kend en loeiend de ruimte in schoten als een vuurwerk van
geluid. Enkele honderden meters verder zag hij haar af-
remmen, uitstappen en de rijstoel in de berm rijden, een brede strook langharig textiel die hem deed denken aan de
franje-achtige groeisels uit zijn buitenwereldse ervaringen.

Hij deed automatisch hetzelfde, zette zijn stoel naast de hare
en volgde haar slanke gestalte die er mysterieus uitzag in
het halve licht, over het zachte, veerkrachtige pad naar de
Plaats der Ontmoeting te midden van een park met spichtige
boompjes en roerloze vijvers.

Zijn geest aarzelde op de grens van waken en slapen, terwijl
hij op enkele meters afstand achter haar aan liep en hij
maakte een gebaar van schrik, toen ze plotseling stilstond
en zich omwendde.

'Loop je achter me aan?' zei ze, de rituele vraag stellend,
maar voordat hij antwoord kon geven zag hij haar verschrikt
achteruitdeinzen. 'Waar ben je plotseling gebleven?' hoorde
hij haar vragen. 'Ik hoorde je ... hoorde je toch achter me
aan lopen?'

Hij knikte bevestigend en zei iets, maar het geluid van zijn
stem was onhoorbaar, zowel voor hem als voor haar, want
ze reageerde niet en ze bleef in zijn richting kijken, zoekend
en tastend als iemand die bijziende is. Toen keerde ze zich
haastig om en begon het pad af te rennen zonder nog één
enkele keer om te kijken.

Brint keek omlaag ... Zijn lichaam was verdwenen. Zijn ogen
zweefden lichaamloos op de goede hoogte en waar zijn voeten hoorden te staan was slechts lege ruimte, bevond zich
slechts de bodem.

Vreemd genoeg deed dit feit hem niet ontstellen. Hij voelde
zich zelfs opgelucht nu ze verdwenen was. Hij wist het nu
zeker. Sinds Jon zijn leven was binnengedrongen, was hij
impotent, was zijn lichaam nog slechts voor haar.

161

Bij het ontwaken voelde Brint zich doodmoe. Hij lag op zijn rug, zijn armen zijwaarts uitgestrekt met de handpalmen naar boven gekeerd. Met de rug van zijn hand voelde hij dat hij in zijn bedkamer lag. Hij deed zijn ogen niet open en probeerde zich te herinneren wat er gebeurd was, wat hij had gedroomd en toen zijn gedachten geleidelijk terugkeerden, verwarde hij feiten met dromen en dromen met feiten. Als het goed was, moest er weer een vrouw in zijn appartement zijn, ergens naast hem of achter hem, maar hij hoorde nergens een zachte ademhaling en hij had het gevoel dat er iets ernstig mis was, dat er iets rampzaligs was gebeurd of stond te gebeuren. Omdat hij hier lag, kon het niet anders of hij moest de avond tevoren gewoon zijn gaan slapen, maar aan de andere kant was hij ervan overtuigd dat hij achter een vrouw aan naar de Plaats der Ontmoeting was gereden.

De donkere vrouw die hij was gevolgd, kon hij zich duidelijk voor de geest halen, een lange, slanke vrouw met een donker, langgerekt hoofd. Maar er was nog een andere vrouw, die Jon heette en van wie hij niet wist of ze zijn waakleven of dromen bevolkte, een kleine blondheid die tot zijn wanhoop nooit scherp op zijn netvlies viel, maar altijd haar mysterieuze vaagheid behield. Niettemin was ze sterk in hem aanwezig, haar hart scheen in zijn lichaam te bonken en het was of haar lichaam met het zijne samenviel en haar benen en armen zich in de zijne uitstrekten.

Lange tijd bleef hij zo liggen, niet in staat de knopen van zijn gedachten te ontwarren. Tenslotte stond hij op en doorliep het hele ritueel – wassen, eten, zijn hoofd scheren. Iedere ochtend was eender, maar het gevoel van eenderheid was nu, hoe dan ook, oneindig veel sterker, alsof ieder gebaar dat hij maakte identiek was aan dat van een vorige ochtend.

Hij dronk twee glazen Trepitz achter elkaar leeg. Zijn han-

den beefden en er liep een lichte zenuwtrilling over zijn gezicht. Het was gevaarlijk wat hij deed: gedachten koesteren
die hij met niemand kon delen, gedachten die over enkele dagen of weken, als zijn brein onverwacht zou worden doorgelicht, misschien voor het oog van de doktoren als monsterlijke
gedrochten uit zijn hoofd zouden opstijgen. Sinds het droom-
leve.i zich had gepresenteerd, waren de doorlichtingen frequenter geworden!
Bovendien was het slecht om in je eentje in een kamer te zitten. 'Eenzaamheid ruïneert de geest en verwoest het lichaam,'
prevelde hij de bekende koepelslagzin na.
Hij kwam resoluut overeind en liep naar de verstuiver, haalde de hendel over en inhaleerde diep de bittere lucht die als
een vlam door hem heen sloeg. Nog enkele malen zoog hij de
lucht diep in zijn longen en toen begon zijn hele lichaam te beven. Zijn hoofd maakte kleine, schokkende bewegingen en zijn
borstkas zwol tot berstens toe. Hij wendde zich van het toestel
af en liet zijn blikken door het appartement dwalen. Alles stond
nog precies op zijn plaats, maar zoals altijd was het of de lucht
en alle voorwerpen vibreerden en met zijn ogen meebewogen.
Hij begon te neuriën, liet zijn handen over zijn glanzende
borst en zijden glijden en voelde zich plotseling jong, zorgeloos, veerkrachtig, diep gelukkig. Breed glimlachend en met
schitterende ogen liep hij naar de uitdeur.
Tot nu toe leek alles bijna voorspelbaar, alsof hij alles al eerder had beleefd. Toen hij op Liftenplein A4 stond, werd hij
gebiologeerd door een tweetal vrouwen, door het jonge, blonde meisje dat met hem in de lift had gestaan en de vrouw achter de vleugel die midden op het plein stond opgesteld, om-
ringd door een luisterende, meewiegende menigte.
Het jonge meisje was waarschijnlijk nog maar nauwelijks geboren, gedroeg zich wat onzeker en schichtig en droeg, als teken dat ze op zoek was naar een partner, het bekende driehoekige insigne tussen haar kleine ontroerende borstjes. De

*andere vrouw was bijna net zo slank, maar haar lichaam was
ronder en rijper en zelfs tussen al dat wulpse bloot om haar
heen op een schokkende manier uitnodigend.*

*Lang stond hij te aarzelen, beurtelings van de een naar de an-
der kijkend. Hij begon al over te hellen naar de rijpe, donkere
vrouw, in het vage besef dat het lot haar had aangewezen,
toen het jonge meisje zich naar hem toe wendde, zodat hij
haar vol in het gezicht kon zien en plotseling kreeg ze iets be-
kends, de kleine rechte neus, de ver uiteenstaande ogen en het
fijne, met een blond waas overtogen schedeltje. Hij plooide
zijn lippen tot een enkel klein woord – Jon – en ze glimlachte hem toe en knikte, alsof ze kon liplezen. En daar was het
glinsterende water dat zich eindeloos uitstrekte en waarop
haar kleine gezicht vele malen vergroot scheen te drijven, haar
ogen stralend als donkerblauwe waterbloemen. Zo zag hij haar
als hij zat te vissen en speelde ze mee in alles wat hij deed,
peinsde hij terwijl hij haar aanstaarde. Maar het gelukkige
gevoel dat in hem opwelde ging gepaard met iets wrangs, iets
dat hij op de achtergrond voelde en niet kon doorgronden.*

*Terwijl ze even later aaneengehaakt voortreden naar het mid-
delpunt, zaten ze elkaar met een vage glimlach aan te kijken,
nauwelijks sprekend.*

*'Kom,' zei ze alleen maar, toen ze uitstapten en ze greep zijn
hand. Hij volgde haar gefascineerd, terwijl zijn lichaam één
grote huivering scheen. Ze liepen tussen de stille, stakerige bomen door en hij stelde zich voor dat hij zo al eerder met haar
gelopen had over een weg van harde stenen met aan weerskanten grillig bebladerde reuzen die ruisten en kraakten en
kreunden.*

*Maar het kon niet Jon's hand zijn die hij vasthield. Deze was
jonger, wel tien jaar jonger – wat dat dan ook betekende –
en heel smal, niet breder dan drie normale vingers.*

*'Je bent niet erg spraakzaam,' fluisterde ze toen ze tenslotte
aan de rand van het zwakbelichte zwembassin stonden, waar*

164

alle liefde begon. 'Doet dat de liefde?'

Achter hem klonk het geroezemoes van de bezoekers van het restaurant, het gerinkel van borden en het tinkelen van ijs tegen glas. Slechts een paar mannen en vrouwen gleden van alle sieraden ontdaan door het violetkleurige water en deden kleine golfjes tegen de betegelde wanden klotsen.

'Kijk naar het water,' zei hij zonder haar vraag te beantwoorden. 'Het is levend. Alles om ons heen is dood behalve wij en het water. Het klotst en het kabbelt en het fluistert.' Er liep een rilling over zijn rug die zich in zijn lendenen voortplantte en gloed werd tussen zijn benen. Alles om hem heen scheen volmaakt voor het ontluiken van een nieuwe liefde, het zachte fluisteren en giechelen van andere paren tussen de schemerige bomen aan de overkant van het bassin; het geluid van de muziek, iets kwijnends met veel saxofoons en klarinetten die gele en donkerrode gevoelens in hem wakker riepen; de soepele lichamen die elkaar omspeelden in het water dat aan de oppervlakte in wellustige kronkelingen het liefdesspel scheen na te bootsen.

Ze ging ritueel tegenover hem staan, pakte zijn beide handen en liet haar bovenlichaam achterover hellen en spreidde haar benen, zodat de wollige zachtheid van haar onderbuik naar voren kwam en warm tegen zijn dijbenen rustte en de kleine roze bloemen van haar borsten hem als met geopende kelken aanstaarden. Hij spande zijn spieren zo sterk dat zijn hele lijf begon te trillen en hij keek gespannen over haar kleine witte schouder heen naar een kapotte boom aan de overkant zonder de inleidende handelingen te verrichten. Er was iets mis, dacht hij, iets diep rampzalig mis.

'Doe ik het niet goed?' vroeg ze klaaglijk, met een stem die enigszins schor en hijgend klonk en tegelijk kil en ijl was als een groengele, verstarde hemel na zonsondergang. 'De dokters zeiden het zo.'

'Deden het zo!' siste hij plotseling tussen opeengeklemde tan-

den. Hij wist het weer; dit was het!

*Ze schudde in verwarring met haar kleine, gladde hoofdje.
'Ik deed het zo en zij ...'*

*Zijn greep deed bijna haar broze middelhandbeentjes kraken
en terwijl een luide kreet aan haar mond ontsnapte, stootten
haar puntige knietjes heftig tegen de zijne en knakte haar
lichaam achterover.*

*Plotseling was het stil om hem heen. Het gegiechel tussen de
bomen hield even op en zelfs het water scheen niet meer te
klotsen. Ze hing nu kreunend tegen hem aan en de korte harde haartjes van haar schedel prikten in zijn borst.*

*Geleidelijk werd hij kalmer en zijn ademhaling weer normaal.
Hij betastte haar nek en begon verstrooid haar rugwervels te
tellen, terwijl hij met wijde, vochtige ogen in de verte staarde. Zij was Jon en toch was het Jon's kleine stevige lichaam
niet dat hij in zijn armen hield. Opeens vlaagde een gedachte
door zijn geest; dit was Jon van voor hij haar kende, Jon toen
ze zestien was ... Trouwens, wie was Jon eigenlijk? Alleen
maar een vaag droombeeld tot nu toe, bijna zonder lichaam,
haar gezicht meestal slechts een leeg ovaal dat hij met zijn fantasie trachtte te vullen.*

*Terwijl hij zo nu en dan een snik door het kleine lichaam voel-
de schokken, vroeg hij zich af of het geen grandioze vergis-
sing was te denken dat dit koepelleven het werkelijke leven
was en het huis met de blinde hoofden een droombeeld. Hij
had weer het gevoel eens als kleine jongen in dat huis te hebben gewoond en later een leven lang met Jon, zijn hele leven
lang samen met één vrouw – Jon – en dat hij haar soms uit
wanhoop ontliep en 's ochtends vroeg naar het meer ging om
te vissen.*

*Hij pakte haar bij haar dunne bovenarmen en schudde haar
zachtjes door elkaar. 'Wie ben jij?' vroeg hij. 'Zeg het me.
Ben jij, Jon?'*

Haar ogen, vlak bij de zijne, waren donkere holen met kleine glinsteringen en werden pas geleidelijk zichtbaar. Ze schoten angstig heen en weer, als trachtten ze uit hun oogkassen te ontsnappen. 'Ja,' hijgde ze. 'Ik kan er niets aan doen. Ik ben Jon. Ik wist niet dat het zo was, ik wist het niet, ik kan het niet met jou! Niet zó, niet zó . . .' Haar kleine stem stierf langzaam weg.

Hoe het mogelijk was, wist hij later niet, maar hij beheerste zijn woede die hem als een verscheurend dier naar de keel vloog. Het werd een vreemde tocht naar huis. Tot zijn verwondering ging ze gewillig mee, maar niet vrolijk en opgewonden, zoals de anderen in de rijstoelen om hen heen, giechelend, zingend en met een vurige, kelige lach.

Hij wist dat het krankzinnig was wat hij dacht. Tot nu toe had hij Jon nooit gekend zoals ze was als jong meisje van zestien, maar er wel altijd naar verlangd – naar het prille, slanke kind dat ze eens geweest moest zijn, klein en onrijp, maagdelijk en nooit tevoren betast. Hij bekeek haar met sombere blik toen ze in de lift stonden, zij stil en wit en ineengedoken in een hoek. Ook nu was hij te laat, net als toen. De beminnelijke doktoren met hun gladde smoelen waren hem voor geweest, hadden haar betast en gekneed, geduwd en bewerkt tot het klaaglijke en genietende kreunen uit haar te voorschijn was geperst. Hij was gek. Hij was met tientallen, misschien met honderden vrouwen naar bed geweest die ook al met tientallen of honderdtallen mannen in de brede bedkamers hadden liggen rollen zonder er ook maar één gedachte aan te wijden. Of? . . . Of waren Shell en Murbi en Zoe alleen maar scheppingen geweest van zijn verziekte geest? Maar hij stond hier toch! Hij stond hier toch!

Hoe dan ook, alles was grondig verpest. Nu hij had gemeend het ontbrekende deel van zijn leven binnen handbereik te hebben, bleek hij te laat te zijn gekomen om haar nog schuw en bedeesd te kunnen benaderen. Hij wist het nu zeker. Onder zijn handen zou ze frigide zijn.

Thuis in zijn appartement gunde hij zich het wrange genoegen van een kleine wraakneming.

Hij behandelde haar lief en vriendelijk, zodat ze langzamerhand weer een beetje mens werd en het vertrouwen in haar donkerblauwe ogen groeide. Ze dartelden zelfs wat in de brede bedkamer en al spoedig schalde haar vrolijke lach door het appartement als een solo-instrument, begeleid door de zachte gesluierde muziek uit de luidsprekers.

Ze dronken vele glazen Trepitz, rookten stuifsigaretten en tenslotte liet hij haar een machtige dosis stuif inhaleren, haar aanmoedigend nog dieper adem te halen, nog dieper . . .

Op een gegeven ogenblik ging hij wat heen en weer lopen om haar de indruk te geven dat hij bezig was de laatste voorbereidingen te treffen voor de nacht, waarna hij zich in de badkamer opsloot.

'Brint! Briiiiint!' hoorde hij haar na enige tijd ongeduldig roepen.

'Ik kom zó, liefje. Ik moet nog even . . .' Hij zette de kraan open en liet het koele water over zijn zweterige handen stromen, droogde ze dan uitvoerig onder de hete lucht van het droogapparaat.

Toen hij haar nogmaals hoorde roepen – nog luider en vol nauwelijks bedwongen hartstocht – draaide hij de kraan weer open, verder dan eerst nog om het geluid van haar dringende stem te smoren. Hij grijnsde wreed toen hij haar kleine vuisten tegen de deur van de badkamer hoorde bonken, haar krijsend hoorde huilen. Op de rand van het bad gezeten wachtte hij tot het geluid ophield en ook toen bleef hij nog lange tijd zitten.

Ze lag in de verste hoek van de bedkamer toen hij eindelijk te voorschijn kwam, een zielig, ineengedoken hoopje, haar spitse knietjes tegen haar borstjes gedrukt. Haar gezicht zat vol vuile vegen en ze had haar zij met haar nagels opengehaald, drie vurige strepen van haar oksel tot halverwege haar buik.

Om goed te kunnen slapen dronk hij nog een paar glazen Tre-pitz alvorens te gaan liggen. Ondanks dat en ondanks zijn ver-langen om snel het droomleven binnen te gaan, duurde het nog geruime tijd eer hij insliep . . .

Blote man op het toneel

Hij hoorde een knerpend geluid dat nader en nader kwam en kreunde zacht, want hij had het koud en zijn rug deed pijn. Zonder zijn ogen op te slaan bleef hij liggen tot de voetstap-pen die elkaar nu snel opvolgden en luider knerpten, vlak bij hem stilhielden. Iemand haalde snuivend adem met een wat vochtig bijgeluid. Door zijn wimpers heen zag hij een zwarte stijve gestalte met een gezicht zoals het zijne, maar dan vol groeven en rimpels en paarse adertjes op wangen en neus, verbaasd op zich neerkijken.

'Hoe haal je het in godsnaam in je hoofd om hier naakt op een bank te gaan liggen slapen?' baste de stem van de zwarte man. Hij werd ruw bij zijn schouder gegrepen en heen en weer geschud.

'Naakt?' vroeg Brint verwonderd. Hij kwam haastig over-eind en sprong van de stenen bank af, maar ging met een kreet van pijn weer zitten en hield zijn voeten omhoog. 'Ik eh . . . de grond doet pijn,' fluisterde hij geschrokken.

'Ja, wat wil je? Wie loopt er nou ook met zijn blote poten over kiezels? Je bent toch ook hier gekomen, niet? Nou dan. Vooruit, kom mee, en geen gedonder!' De zwarte man trok hem overeind en duwde hem voor zich uit.

Als een kat in de sneeuw begon Brint te lopen, telkens zijn voe-ten hoog optillend en dan voorzichtig weer neerzettend. Na een paar stappen keek hij om. 'Ik begrijp het niet,' zei hij hul-peloos. 'Ik . . .'

'Doorlopen, zeg ik je, als de sodemieter. Bij het hek links!'

Langs het park liep een met blauwachtige, bolle stenen ge-

169

plaveide weg en Brint keek er verbaasd naar toen hij het gekke, onbegrijpelijke woord had gevonden: kinderhoofdjes.
'Nee, naar links, zei ik. Daar, die deur met dat lampje erboven. En vooruit, een beetje vlugger, straks komen we nog mensen tegen. De brigadier zal wel . . .' De agent smoorde de rest van zijn woorden in een grote witte zakdoek die hij als een goochelaar uit zijn zwarte uniform te voorschijn toverde.
Brint voelde zich minder op zijn gemak dan ooit toen hij het vertrek binnenging. Hij had gehoopt weer aan het meer te ontwaken of onder de ruisende boom en hij keek verontrust naar de zware, eveneens zwartomhulde man die achter een wrak bureau een groot, grauw stuk papier zat te lezen. De man droeg glazen voor zijn ogen die met dunne reepjes metaal aan elkaar en aan zijn oren bevestigd waren en had een grote, grappige bos haar.
Toen hij Brint zag, liet hij het papier aan de ene kant los, sloeg een van zijn dikke handen voor zijn bril en keek tussen zijn vingers door. 'Mijn God,' hijgde hij, 'wie heb je daar nou meegebracht, Denisse? Iemand van het popfestival? Blote mannen op het toneel. Frank Zappa, Living Theatre, weet ik veel. Sla als de donder iets om hem heen. Ik zou er gewoon . . . gewoon homoseksueel van worden.' Er biggelden dikke tranen over zijn wangen, glinsterend in het licht van de groene lamp die aan een stuk draad boven het bureau hing.
Denisse haastte zich de kamer uit en kwam even later terug met een bruine deken die hij over Brint's schouders wierp. 'Hé, hier, zo, hou vast!' Hij drapeerde de deken nu wat zorgvuldiger rond Brint's lichaam, propte de rest in diens handen en duwde hem op een stoel neer.
'Zo maar gevonden op een bank in het park, brigadier,' zei hij. 'Als een pasgeboren kind, heel onschuldig. Exhibitionist of zo, denk ik.'
De brigadier plantte zijn ellebogen stevig op het papier, waarin hij had zitten lezen en vouwde zijn handen onder de mach-

tige draperieën van zijn forse gezicht.

'Je naam!' brieste hij opeens en Brint voelde wat vochtige spetjes op zijn gezicht.

'Brint – B R I N T.'

'Wat Brint? Hoe Brint? Van voren?'

De ondervraagde keek alleen maar hulpeloos.

'Voornaam?'

Brint haalde bedroefd zijn schouders op.

'Geboren, waar ben je geboren. Weet je dat dan soms?'

'Geboren . . .' herhaalde Brint en staarde naar de wonderlijke details van het gezicht voor hem, de gerimpelde oogwallen die onder de brilleglazen uit hingen en de asymmetrische plooien aan weerskanten van de brede, wat vettige kin.

Als iemand die uit een diepe droom ontwaakt en eerst een tijdlang moet nadenken voordat hij iets van zijn omgeving begrijpt – in zijn geval al te zwak uitgedrukt – begon er geleidelijk iets in zijn geest te dagen.

'Misschien . . .' zei hij aarzelend. 'Misschien ben ik tweemaal geboren.'

'Wedergeboren is het juiste woord,' zei de brigadier, 'maar we hebben het nou niet over godsdienst.' Hij leunde naar voren, snoof even en keek dan naar de agent die achter Brint was blijven staan. 'Hij heeft toch niet gedronken, Denisse? Verdovende middelen misschien?'

De agent schudde zijn hoofd. 'Daar heb ik me terdege van vergewist, brigadier. Alleen maar een afwijking, denk ik.'

'Geheugenverlies,' besliste de brigadier. 'Waar woon je?'

Brint ging gespannen overeind zitten. 'Nee, nee, geen geheugenverlies. Ik begin me alles weer te herinneren. Jon, het gaat om Jon.'

'Jon? Wie is dat? Je vrouw soms? Vreemde naam overigens.'

'Ja, Jon, ze is . . . mijn vrouw.'

'Jon Brint dus, maar je weet niet waar ze woont, waar jezelf woont.'

'Jon,' prevelde Brint zacht. Opeens veerde hij op. 'Jon!' zei hij nogmaals, nu triomfantelijk. Opeens was haar gezicht, haar hele gestalte uit de mist van zijn geheugen opgedoken. Inderdaad, ze leek op het zielige hoopje dat hij in de bedkamer had achtergelaten, maar ze was ... Zijn ogen kregen een naar binnen gekeerde blik en van zijn lippen begon de ene volzin na de andere te rollen die het beeld opriepen van de volmaakt gevormde vrouw die hij zocht, die hem kwelde, van wie hij hartstochtelijk veel hield en die hij verafschuwde.

'Zorg jij voor koffie, Denisse ... Onmiddellijk, bedoel ik, Denisse,' zei de brigadier ademloos tussen twee volzinnen door en met een wrevelig handgebaar veegde hij zijn ondergeschikte de kamer uit.

Hij luisterde gespannen. Het was het meest minutieuze en aangrijpendste signalement dat de brigadier ooit had gehoord en terwijl hij er met open mond naar zat te luisteren, begonnen zich zweetdruppeltjes op zijn voorhoofd te vormen die zich verzamelden tot zilte beekjes en door zijn zware wenkbrauwen dropen. Hij merkte het nauwelijks, wreef alleen maar zo nu en dan onder zijn bril in zijn ogen die steeds verder begonnen uit te puilen.

'Het Hooglied,' mompelde hij, toen Brint na de beschrijving van Jon's borsten even adem schepte.

'Hooglied?'

'Koning Salomo,' verduidelijkte de brigadier. 'Boek uit het Woord Gods. Symbolisch natuurlijk, eigenlijk een loflied op de kerk. Ga verder.'

Brint keek hem niet-begrijpend aan, haalde zijn schouders op en vervolgde zijn verrukkelijke weg omlaag. Hij liet zich niet meer uit zijn concentratie halen, ook niet toen Denisse de deur opende en met een blad binnenkwam, waarop de drie koffiekopjes al spoedig begonnen te rinkelen.

Voor de rest hield Denisse zich muisstil en hij zette het blad pas met een klap op het bureau neer, toen Brint Jon's kuiten begon te vergelijken met twee sierflessen Trepitz die op de Avond der Ontmoeting worden uitgeschonken, voordat de twee gelieven, stuifziek van verlangen, in elkaars armen en benen kruipen.

'Koffie,' zei hij met een stem die een beetje trilde en keek bevreemd naar zijn chef die eerst een paar keer moeizaam slikte, voordat hij zijn kopje van het blad grabbelde. 'Neem er ook een,' zei hij schor tegen Brint die tijdens de vlucht van zijn verbeelding de greep op zijn deken was kwijtgeraakt en nu het euvel weer trachtte te herstellen.

De brigadier zette zijn bril af en poetste zijn glazen schoon. 'Zo,' zei hij toen hij zijn bril weer op had gezet. 'Nu we ... eh ... het signalement van uw vrouw hebben, moeten we nog altijd weten waar ze woont. Is u dat misschien intussen te binnen geschoten?' Waarschijnlijk uit ontzag voor het gebodene was hij plotseling op 'u' overgegaan.

'In het huis met de blinde vrouwenhoofden,' zei hij nu onmiddellijk. 'Zonder neuzen,' voegde hij er nog aan toe. Hij beschreef de weg die hij enkele dagen tevoren had gevolgd, beschreef het meer, de bomen, het riet, de bootjes met de vissers, het oude huis met de deur in het midden en het duurde niet lang of de beide politiemannen hadden de weg en het huis met behulp van een stafkaart gelokaliseerd.

Even later zat hij naast Denisse op de voorbank van de jeep, de deken stijf om zich heen gewikkeld.

Denisse draaide een weg op die hem bekend voorkwam. Het was in het begin moeilijk te zeggen waar het bekende in school, omdat alles er vanuit de jeep zo anders uitzag dan toen hij de weg lopend had afgelegd. De zwarte papieren dingen die hier en daar opvlogen, terwijl de jeep langsstoof, herkende hij nu onmiddellijk als kraaien en hoewel hij hun gekras niet kon horen vanwege de luidruchtig ronkende motor, hoorde hij het inwendig met het oor van zijn geest.

Verrassend snel waren ze bij het huis met de blinde hoofden

173

gearriveerd. Met een gierend geluid kwam de jeep er recht voor tot stilstand.

'Hier is het,' zei Denisse. 'Houd die deken maar zolang. Ik kom hem een dezer dagen wel ophalen.'

Brint knikte en stapte onhandig uit, gefascineerd door de donkere deuropening die hij zo binnen kon lopen. Hij keek niet om en hoorde nauwelijks het geluid van de weer optrekkende jeep toen hij door de gang naar de kamer liep. Sinds de laatste keer was er niets veranderd. Alleen stond er een glas met geelbruin vocht in plaats van een kop koffie op het orgelachtige bureau. Hoe het kwam, wist hij niet, maar hij voelde dat het huis leeg was en dat het geen zin had nu naar Jon op zoek te gaan. Hij liep direct op de stapel papieren af en begon erin te bladeren om te zien waar hij de vorige keer gebleven was.

Tot zijn verbazing waren er grote gedeelten van doorgekrast, onder andere het gedeelte over de vrouw die de Tien Uur Blauw had gespeeld. Hij las over zijn ontmoeting met het kleine, blonde meisje Jon, dat hij had meegenomen naar zijn appartement en moest bijna huilen toen hij las hoe wreed hij haar had behandeld. Toen begon hij geboeid verder te lezen.

De ultime injectie

Het was donker, hoewel hij het gevoel had dat zijn ogen open waren. Hij sloeg woest met armen en benen, maar was niet in staat zich te bevrijden van de knellende armen die zich om hem heen sloten, zijn lichaam optilden en ergens anders neerlegden. Hij voelde dat er twee mensen op zijn lichaam gingen zitten, waarvan de een zijn armen en de ander zijn benen in bedwang hield.

'Wat... wat gaat u nu met hem doen?' hoorde hij Jon's trillende stem zeggen.

'Het is moeilijk,' antwoordde een bedroefde, beminnelijke

174

stem aan zijn voeten. 'We laten de mensen altijd naar ons toe komen, terwijl ze nog gezond zijn. Het is nog nooit gebeurd dat we er een hebben moeten halen.'

'Hem zo vervoeren terwijl iedereen hem kan zien gaat niet,' zei de ander die zijn armen vasthield. 'Misschien kunnen we hem verpakken in een grote doos of zo, maar zoiets zal hier wel niet te vinden zijn.'

Brint maakte een onverhoedse beweging en wilde iets zeggen, maar zijn mond leek verlamd, evenals zijn ogen die naar zijn gevoel wijd opengesperd waren en toch niets zagen.

'Arme jongen, hij schokt zo,' hoorde hij Jon zeggen en voelde een zachte hand op zijn voorhoofd. 'Ik heb er eigenlijk spijt van, maar ik moest het toch rapporteren, nietwaar? Hij wilde ontzettend graag, maar hij kon het eenvoudig niet. Wat ik ook deed, zijn lid wilde zich niet oprichten, toch wel een teken dat hij zwaar ziek is.'

'Ik ben bang dat we hem de ultime injectie moeten toedienen,' zei een van de stemmen verdrietig. 'U hebt gedaan wat u kon, daar ben ik van overtuigd. Maakt u zich maar geen zorgen. Binnenkort zal hij in de koepel zijn van het machtige paren zonder beletsel van tijd en ruimte, daar is geen impotentie meer, noch frigiditeit.'

'Kon ik maar met hem mee,' hoorde hij Jon zeggen met een droge snik.

'Weet u wat u doet?' zei de man aan het voeteneind. 'Gaat u naar een winkel om een doos te halen waar hij in past. Een doos van een graafzuigmachine is waarschijnlijk het beste. Die is nogal langgerekt en smal ... En zeg in geen geval waar het voor is. Zeg maar gewoon dat een van de doktoren die doos nodig heeft voor een experiment en dat ze XZ43 kunnen bellen als ze het niet vertrouwen.'

'Goed,' zei Jon en het was of hij haar lippen zag trillen. 'Maar ... maar wat gaat u in de tussentijd met hem doen?'

'Niets om u ongerust over te maken. We doen hem geen

175

pijn.' En direct daarop met enige stemverheffing, als een motor die wordt overgeschakeld op een hoger toerental: 'Ga nu! De tijd van een dokter is kostbaar.'

Vlak nadat hij de uitdeur achter haar lichte voetstappen had horen dichtslaan, zei de man die het dichtst bij zijn hoofd zat en nog steeds zijn armen vasthield: 'We beginnen maar direct.'

Hij voelde een pijnlijk prikje in zijn dijbeen dat een schokgolf in zijn lichaam veroorzaakte. Tegelijkertijd voelde hij dat zijn ogen zich nog wijder opensperden en opeens begon hij beelden te zien die in elkaar schoven, elkaar verdrongen en over elkaar heen buitelden, zodat hij er geen wijs uit kon worden.

'Vertel eens wat je ziet, Brint,' hoorde hij een van de zachtaardigste stemmen zeggen. Hij voelde dat ze zijn lichaam hadden losgelaten, maar kon zich toch niet bewegen, had nauwelijks meer enig besef van zijn eigen lichaam.

'Stukken zwart papier die door de lucht vliegen en een krassend geluid geven.'

'Je weet wel beter, Brint.'

'Krassende kraaien.' Opeens besefte hij dat hij zijn mond niet bewoog, alleen maar dacht, en dat ze hem hoorden. 'Kraaien en ze vliegen op uit de bomen als ik nader. Vroeger... Ik zat in een wiegelend bootje op het meer te vissen en dan wilde ik verhalen schrijven, verhalen en boeken. Lang, heel lang ben ik eraan bezig geweest, jaren- en jaren- en jarenlang, schrijvend, doorkrassend. Alles schreef ik vijfmaal over en nog was het niet goed.' Zijn gedachten kregen een klaaglijke klank. 'Mijn geschrijf was een mislukte vlucht voor mijn vrouw, ik weet het, voor Jon. Ze was frigide, bleek achteraf en dat kwam waarschijnlijk doordat...'

'Dat hoeft niet, Brint... Ander onderwerp.'

'Nu kan ik mijn pen nog maar nauwelijks vasthouden. Ik ben te oud en ik beef, nu kan ik niets meer. Ik kan zelfs niet meer naar buiten. Ik zie mijn kippen door het raam. Toen ik nog buiten mocht komen, ging ik ze altijd voeren, schuifelend op mijn pantoffels, maïs, gemengd voer. Zodra ik met de bus schudde, kwamen ze aanrennen, die gekke lieve beesten met hun knikkende koppen. Ik kende ze allemaal bij naam, Kaalpluk, Bruinrug, Dorie, Festa, maar de laatste tijd ... Kalveren lieve koppen en Jon weer weg nooit als ik roep ...'

'Kom kom, breng een beetje orde in je gedachten, Brint.'

'Ik ...' vervolgde hij, 'ik, ik voel nooit meer de zon op mijn rug. Dat was nog een van de weinige dingen waarvan ik kon genieten, de zon op mijn rug ...'

'Goed goed, genoeg. Waar heb je de laatste tijd gewoond, Brint?' onderbrak een zachte stem zijn verwarde gedachtenstroom. 'In de koepel?'

'De koepel. Jarenlang heb ik in de koepel gewoond, gezwoegd heb ik in de koepel, maar telkens gooide ik het van me af en begon opnieuw zonder er ooit mee klaar te komen. Zelfs Jon liet me in de steek, geloofde niet meer ... Ze heeft me verraden en verkocht, ouwe teef. Ze dacht ook nooit aan mij. Altijd zwierven haar ogen weg naar die ellendeling van vroeger die ...'

'Genoeg,' zei de een.

'Volkomen onbruikbaar,' zei de ander.

'Zijn lichaam heeft alle macht over de geest verloren,' klonk de eerste stem melancholiek.

Na een korte periode van stilte, waarin alleen enig geschuifel van voeten hoorbaar was, hoorde hij zeggen. 'Ja, toe maar.'

De simpele woorden waren zwaar van betekenis en Brint probeerde nu weer iets te zeggen, maar slaagde er alleen maar in een paar slikbewegingen te maken die zijn adamsappel heen en weer deden schieten. Ook deze beweging viel stil, toen een tweede injectie een golf van vloeistof en pijn door hem heen zond. Hij voelde het bloed uit zijn neus wegvloeien en zijn lichaam straktrekken alsof een marionetten-speler aan zijn pezen trok. Alleen zijn oren hielden de verbinding met de buitenwereld intact.

Na verloop van tijd ging de uitdeur open en hoorde hij het geluid van een lichte, snelle ademhaling, het schuiven van een omvangrijk maar vrij licht voorwerp over de vloer. Een stem als een ingehouden snik. 'Wat is hij rústig.' Bleek en trillend van vrouwelijkheid.

'Alles moet gebeuren,' zei een kalmerende stem.

Hij voelde niet de handen die hem oppakten, maar wel dat zijn lichaam zich even later schommelend in de ruimte voortbewoog, alsof hij gedragen werd. De stemmen kon hij niet meer horen, maar ergens achter zijn ogen voelde hij dat hun blikken elkaar kruisten. Even later zoefde hij onwaarschijnlijk snel omlaag. Een deur zwaaide open – schuiven over de vloer; klikken van metaal op metaal – en weer bewoog zijn lichaam zich voort, gelijkmatig nu, bijna zonder te schommelen, alsof het van een flauwe helling afgleed. Een zacht gezoem dat steeds luider en luider werd, begeleidde zijn tocht en ging tenslotte over in een angstaanjagend geratel en gedreun. Hij voelde dat hij nu volkomen alleen was, maar raakte wonderbaarlijk genoeg niet in paniek, ook niet toen hij besefte dat hij een of ander monstrueus vernietigingsapparaat naderde. Hij was oud, wist hij nu, en had genoeg van het leven. Misschien zou het even pijn doen, maar dan was het voorbij.

Het bleek geen pijn te doen, maar het was akelig de beenderen van zijn tenen te horen, te voelen kraken, toen ze in iets als een gehaktmolen terechtkwamen. Het ging met een martelende traagheid en een dodelijke zekerheid. Centimeter voor centimeter voelde hij zich de machine in schuiven, voelde hij de ronddraaiende messen hun vernietigende werk verrichten, vlees en zenuwen uiteenscheurend, zijn voeten, zijn enkels, zijn scheenbenen en knieën krakend en verpulverend.

Slechts een bijkomend slurpend, smakkend geluid of gevoel wees erop dat nu zijn dijbenen aan de beurt waren die meer vlees en minder been bevatten. Op den duur viel het toch niet mee om kalm te blijven. Hij hield zichzelf voor dat het alleen maar een hallucinatie kon zijn omdat het geen pijn deed en dat hij, als hij er eenmaal door was, weer op de been zou springen en weglopen, maar toen de machine zijn heupen was genaderd en nu nog trager en knersend en knarsend te werk ging, was die gedachte niet meer vol te houden. Hij gilde en kreunde inwendig, maar omdat hij niet in staat was werkelijk geluid te geven en zelfs zijn gezicht niet kon vertrekken om afschuw uit te drukken, bleef hij toch merkwaardig rustig, zelfs toen zijn hals de afgrijselijke messen passeerde en hij zijn kin en neusbeen vlak bij zijn oren hoorde versplinteren. Zijn schedel ging knarsend en krakend ten onder, maar ook toen bleef hij bij bewustzijn, zelfs toen de hoeveelheid smurrie die hij geworden was in een volgende maalmachine terechtkwam en nog fijner werd verdeeld. Daarna werd hij door water voortgesleurd en tenslotte voelde hij zich als een enorm uitdijende wolk naar de oppervlakte stijgen, waar zijn fijnverdeelde vuil langzaam uiteenwaaierde, zich koesterend in de zon die schuin boven hem stond. Hij kreeg het gevoel als vroeger in zee, als hij zich, zijn lichaam vol lucht, op het water liet drijven en naar de diepe, blauwe hemel keek, het kabbelen van de golfjes in zijn oren. Alleen met dit verschil dat zijn lichaam nu veel uitgebreider was, minder compact, oneindig luchtiger, en meedeinde met alle golfbewegingen, op een machtige manier parend met het water en de zon, zonder beletsel van tijd en ruimte ...

Gore, stinkende smurrie

Hij werd met een schok wakker, in de mening dat hij met zijn hoofd op het papier in slaap was gevallen. In plaats daarvan lag hij op zijn buik op het zachte angoratextiel. Hij kromde zich als een kat en liet zich toen op zijn zij rollen, knipperde met zijn ogen, toen hij vlak bij zich en rustig ademend het kleine, tere meisje zag liggen dat zich Jon noemde, nu zachtroze en schoongewassen. Haar borstjes bewogen zacht op en neer, weken uiteen bij iedere ademhaling en aan haar even geopende mond ontsnapte telkens een licht geluid als van een briesje dat door het riet waait. Ze maakte een zwakke beweging, rolde haar hoofd in zijn richting, opende haar donkerblauwe ogen en keek hem aanvankelijk wezenloos aan. Toen begon ze te glimlachen, keek van hem weg en scheen intens te luisteren.

Brint begreep het onmiddellijk en een bittere golf van angst en woede steeg als braaksel in hem omhoog. Hij ging op zijn knieën zitten, greep haar bij de schouders, worstelde met haar omhoog en wierp haar met kracht terug op de verende ondergrond van de bedkamer. Het was zinloos. Ze liet alleen maar een zacht lachen horen en keek hem uitdagend aan.

Slechts even kwam de gedachte in hem op om haar, zoals ze daar lag, ruw en genadeloos te nemen, maar zijn angst was sterker dan zijn begeerte. Misschien zou hij dan te laat zijn om aan de doktoren te kunnen ontsnappen, aan de witgejaste schoften met hun injectiespuiten en afgrijselijke gehaktmolens. Misschien ook beoordeelde hij haar te hard. Ze had althans enig gevoel getoond, toen de doktoren waren gekomen om hem de ultime injectie te geven.

Met enkele verende sprongen was hij de kamer uit en hij snelde naar de bergkamer, waar zich de klep van de vernietigingskoker bevond. In het wilde weg nam hij een doos die daar stond, opende de klep en liet hem erin glijden. Hij stak zijn hoofd in de koker en luisterde naar het schuiven van de doos tot het geluid overstemd werd door de vreemde geruchten in de verte, kolkend en ruisend en kabbelend en slurpend.

Met zijn benen omlaag liet hij zich erin glijden en zag nog net kleine Jon met verwilderde ogen de bergkamer binnen- rennen, voordat de klep boven zijn hoofd omlaagviel. De koker maakte aanvankelijk een hoek van dertig à veertig graden en het was tamelijk eenvoudig om zich omlaag te laten glijden. Boven hem brandden om de paar meter zwakke lampen en zaten er grepen om zich aan vast te klampen als hij te snel begon te glijden. Een van zijn vroegere kennissen had eens een aantal verstopte kokers moeten doorsteken en hem verteld dat er weinig gevaar bij was, als de maal- machines niet werkten. En zelfs als ze werkten, was het nog weinig riskant, want voor de gehaktmolen bevond zich een grote open ruimte, waar je je ruimschoots kon redden.

Schuin boven hem in de verte werd de klep opgelicht en zag hij Jon's kleine hoofdje tegen de lichtere achtergrond afste- ken. Haar gegil vlijmde als een pijn door hem heen, maar hij dacht er niet aan om terug te klimmen. De doktoren hadden gelijk; hij was niet meer geschikt voor de koepel, en hij had, hoe dan ook, het idee dat hij nooit meer zou hoeven terug- keren, als hij langs deze weg ontsnapte.

Even later was hij rond een flauwe bocht verdwenen en de koker voegde zich bij een andere, zonder er volkomen één geheel mee te vormen. Ze deelden de bovenkant, maar op de bodem bleef er een afscheiding bestaan van ongeveer veertig centimeter hoog. Aan de andere kant van de meta- len scheidingswand kolkte en bruiste en borrelde het en soms viel er een of ander groot voorwerp over de rand bovenop hem, een plastic emmer of een ander huishoudelijk voorwerp, allemaal lichte dingen die hem geen letsel konden toebrengen.

De ruimte bij de gehaktmolen was nog groter dan hij zich had voorgesteld en hoewel zijn hart in zijn borst snel en zwaar bonkte, keek hij, zich vastklampend aan een van de handgrepen, koel en aandachtig naar het grote gat waarin

181

alles wentelend en wielend, krakend en over elkaar heen
tuimelend en schuivend verdween.

Als de twee armen uit het spelletje 'Wie komt er in mijn
hokje?' staken twee metalen opstanden schuin naar voren
om al het vuil naar het gat te geleiden. Zich telkens vast-
grijpend aan een volgende handgreep waadde hij door de
afzichtelijke smurrie, waarvan de stank hem deed kokhalzen,
naar het uiteinde van de linkeropstand, stapte eroverheen en
stond voor een klein deurtje naast de dreunende, ratelende
machine. Hij deed het open en kroop naar binnen. Het geluid
was nu adembenemend en oorverdovend en even was het of
hij de inwendige, menselijke gil hoorde van iemand die met
de voeten vooruit traag in het malende gat verdween. Hij
stootte gemeen zijn hoofd aan een uitstekende hendel en
kroop kreunend naar het eind van de gang. Er was geen deur
en hij bleef op zijn hurken zitten kijken naar de nu nog sme-
riger, stinkende smurrie die als een bruingele brij in de volgende koker verdween.

Hij bleef enige tijd zitten om moed te verzamelen voor de
volgende etappe. Er was geen keus, hij zou zich aan die
blubberende stroom waarin zich misschien wel fijnverdeelde
menselijke resten bevonden, moeten toevertrouwen. Bijzonder gevaarlijk leek het niet, want de hoek waaronder de gore
stroom verdween was ook nu niet groot en schoof voort met
de snelheid van dikke pap of pudding. Maar Bullok — de
naam van de neuskokerpulker met wie hij bevriend was geweest, schoot hem opeens te binnen — was nooit verder geweest of had er althans nooit iets over verteld. Waar kwam
die stroom terecht en wat voor onverwachte dingen zou hij
nog kunnen tegenkomen als hij zich liet meedrijven?

Brint voelde zich opeens misselijk worden van de stank,
sloot zijn ogen en kneep zijn neus dicht, maar nu kwam de
dikke walm in zijn geopende mond en dat was zo mogelijk
nog erger.

182

Hij keerde zich moeizaam om en snoof de zwakke luchtstroom op die door het gangetje tochtte. Nadenken moest hij... Alleen als hij ongeveer wist wat hem zou kunnen overkomen, had hij een overlevingskans. En hij moest snel nadenken, want het was wel zeker dat kleine Jon de doktoren had moeten vertellen langs welke weg hij was ontsnapt en dat ze de vernietigingskoker zouden gaan doorzoeken.

Hij sloot zijn ogen om zich te kunnen concentreren en zag grote luchtbellen met kleine, regelmatige tussenpozen naar de oppervlakte van een groot meer stijgen, luchtbellen en grote wolken fijnverdeeld vuil dat langzaam uiteendreef en de troebele gele kleur van het water verdichtte. Al dat vuil, dacht hij. Hij wist nu waar het vandaan kwam. Ver beneden de waterspiegel kwam het in het meer terecht en dus zou het water in de kokers net zo hoog staan als het wateroppervlak. Het laatste eind zou hij dus in de smurrie moeten zwemmen! En dan moest hij nog voldoende lucht over hebben om de waterspiegel te bereiken. Het leek onmogelijk wat hij ging doen, maar hij móest wel. En er was sprake van grote luchtbellen die tussen de gore substantie meebubbelden. Hij grijnsde. Misschien kon hij er een pakken en om zijn hoofd binden.

Zuchtend keerde hij zich om, kroop op genade of ongenade het gangetje uit en half zittend, met zijn hele onderstel en zijn ellebogen in de smurrie ging hij liggen. Het spul stroomde heel langzaam en de walm die eruit opsteeg deed hem bijna stikken. Hij keek naar boven en begon de handgrepen te tellen... 5 – 6 – 7... het water... 23 – 24 – 25... straks kwam het water.

Maar het water kwam nog niet. Hij was de extra-fijn-gehaktmolen vergeten en weer zat hij lange tijd in een gangetje te kijken naar nog schuimiger opgeklopte pudding. Ook daar waagde hij zich in.

Niet lang daarna hoorde hij het water ruisen, bruisen, borre-

len, gieten, storten. Natuurlijk, het vuil werd met water het water in geperst, anders bleef het gewoon in de koker staan. Het geruis was nu oorverdovend, alsof hij met zijn oor bij de Niagarawaterval stond te luisteren. Plotseling was het vlak bij. Snel zoog hij zoveel mogelijk lucht naar binnen. Het volgende ogenblik werd hij als een steen door het water getroffen en rond een hoek gesleurd. Hij wierp zich voorover en trachtte te zwemmen, maar dat was krankzinnig. Het dikke, met vuil vermengde water dreef hem met een enorme kracht door de nu horizontale koker. Hij stootte zo af en toe zijn hoofd, zijn ellebogen en knieën en krampachtig trachtend in de richting van de waterstroom te blijven, strekte hij zijn lichaam tot een zo smal mogelijke streep.

Het scheen eeuwen te duren en in zijn borst vormde zich een enorme luchtbel die steeds groter en groter werd en telkens op het punt stond met een enorme klap te ontploffen.

Eindelijk, eindelijk werd de stroom rustiger en het geluid anders.

Als een gek begon hij door het water naar boven te klauwen, naar het licht dat hij al door zijn oogleden heen zag schemeren, naar het licht en de lucht, de verlossende lucht, lucht. Zijn hart hamerde lucht, lucht, lucht, deed zijn hersens bijna barsten en plotseling, terwijl hij er nog niet op verdacht was, bevond hij zich in de verrukkelijke levenwekkende blauwheid van de lucht die zich in eindeloze hoge- en lagedrukgebieden boven hem uitstrekte, precies aan de rand, helemaal aan de onderkant van de lucht die door zijn keel schuurde als een kaasrasp en hem deed hoesten en proesten en kokhalzen. Hij spuwde zijn luchtpijp bijna uit.

Het water was glad, merkte hij toen hij weer een beetje normaal kon ademhalen, totaal zonder smet of rimpel, alsof hij midden in een gloednieuwe spiegel was terechtgekomen die hij moeiteloos brak waar hij zwom.

Zachtjes liet hij zich naar het bootje drijven dat even verder-op roerloos in het water lag, slechts zo af en toe even manoeu-vrerend met zijn bijna verlamde, gevoelloze armen.

Maar voordat hij die kleine afstand had afgelegd, was er een andere boot die snel door het water op hem af kwam ploegen, een boot met schreeuwende mensen die overboord hingen en hem hun handen toestaken. Een touw zwiepte nutteloos over zijn hoofd, want hij had de kracht niet meer om het te grij-pen. Hij voelde nog dat hij door vele handen aan boord werd gehesen en toen was het of hij opnieuw wegzonk in een ein-deloze koker vol gore stinkende smurrie.

Naaktloper exit

'We zijn er, opa,' was het eerste dat hij weer hoorde en hij voelde dat het zachte bed waarin hij lag, behoedzaam werd opgetild.

Toen hij zijn ogen opendeed, kon hij maar heel weinig zien, maar wat hij over de scherpgevouwen rand van het laken zag, stemde hem kribbig, twee hoge smalle ramen met stenen vrou-wenkoppen zonder neus die blind op hem neerkeken, toen ze hem de deur binnendroegen. Onhoorbaar voor de twee man-nen die onhandig met hem door de gang schuifelden begon hij te schelden. Maar toen hij het gezicht van de oude, lelijke vrouw zag die zich over hem heen boog en een kus op zijn wang drukte, lachte hij toch even.

Hoewel de mannen protesteerden, hielp ze hen hem in het hoge, smalle bed leggen. Ze trokken hem op haar bevel voor-zichtig op en propten dikke kussens in zijn rug, zodat hij de hele kamer rond kon kijken. De secretaire in de hoek stond er tenminste nog; die hadden ze niet gestolen. En de tuin, daar was ook niets aan veranderd: een rond perkje in het midden met daar weer middenin een grote boom met diagonaal groeiende takken, een prunus of een kersebloesem, dat kon hij maar nooit onthouden, en achterin het grote, lichte hok met de kippen die dwaas knikten terwijl ze zacht kakelend heen en weer stapten. Hij bekeek ze met een glimlach en zakte toen weer weg in een schemerige toestand, zich er niet van bewust dat de dokter die inmiddels was gearriveerd, hem uitvoerig onderzocht en zijn hoofd verbond. En dat was maar goed ook, want hij had de pest aan dokters en spuwde hen altijd in het gezicht als ze wat al te dicht bij hem kwamen.

Toen hij weer bij bewustzijn kwam, zat alleen de lelijke oude vrouw aan zijn bed. Hij wist eigenlijk niet wat hij van haar moest denken. Had hij nou de pest aan d'r of mocht hij haar wel? Er was iets dat hem niet lekker zat, dat was zeker.

'Waarom doe je dat nou?' zei ze klaaglijk en ze keek hem met haar diepdonkerblauwe ogen moe en zorgelijk aan. 'Dat is nou al de tweede keer dat je thuis wordt gebracht, eerst door die agent met alleen maar een deken om, en nou weer. Hoe kun je dat nou doen? Midden in de nacht gaan vissen, terwijl je zo ziek bent en bijna niet kan lopen. En dan nog wel zonder wat aan. Wat is er gebeurd? Ben je overboord gevallen?'

'Gaat je niks an,' zei hij ijzig.

Ze zuchtte en pakte zijn gerimpelde, bruingevlekte hand die slap op de witte, gehaakte sprei lag.

'Nou ja, waarom zou ik het je eigenlijk niet vertellen. Ik was naar de koepel.'

'Jij altijd met je koepel,' lachte ze. 'Dat is toch niet echt, dat is een boek dat je vroeger hebt geschreven en nooit afgemaakt. Het lijkt wel of je er iedere keer een ander eind aan wilt maken. Wat is er nou weer gebeurd?'

'Gebéurd, dat is het juiste woord. Ik heb alleen maar opgeschreven wat er gebeurd is, echt gebeurd! Ze wilden me in de gehaktmolen stoppen, die smerige dokters, maar ik was ze te slim af. Ha, dokters, praat me niet van dokters!'

Hij keek haar nijdig aan. 'De vorige keer dat ik thuiskwam kon

186

ik je maar niet vinden,' zei hij. 'Waar zat je in godsnaam?'
Hij kwam plotseling overeind. 'Je hebt de kippen toch wel ge-
voerd terwijl ik weg was, hè, ouwe teef? Je bent ze toch niet
vergeten, wel? Ik heb je helemaal niet met de bus horen schudden.' Hij staarde naar de witte leghorns die nu als grote knot-
ten breiwol in een hoek van het hok lagen. 'Het zou de eerste
keer niet zijn,' besloot hij grimmig. Hij liet zich weer achterover zakken en deed zijn witte, zieke oogleden dicht.
Even was het stil en ze staarde ver weg het verleden in.
Hij opende zijn ogen en ving haar blik op. 'Waar denk je aan,
lelijke snol? Zeg op, waar denk je aan?'
Ze haalde haar schouders op. 'Waar zou ik nou aan denken?
Aan jou natuurlijk. En dat ik het zo erg vind dat je ziek bent
en toch maar het huis uitloopt zonder kleren aan. Straks heb
je nog longontsteking.'
'Zou je graag willen, hè, dat ik longontsteking had en de
moord stak. Zeg 'ns eerlijk. Wil je me kwijt. Nou?'
Hij zakte weer weg en zij staarde opnieuw in de verte, een
flauwe glimlach rond haar gerimpelde lippen.
Ongeveer een uur later kwam hij weer bij. Hij keek haar nu
lief aan en stak zijn lippen naar voren voor een kus. Ze boog
zich over hem heen en kuste hem op zijn wang. 'Toch hou ik
van je, Jon,' fluisterde hij bijna onhoorbaar.
Weer was het lange tijd stil.
Opeens hoorde ze een vreemd geluid en toen ze naar hem
keek schrok ze van zijn gezicht. Zijn lichaam schokte nog een
keer, zijn mond viel open en alle bloed vloeide weg uit zijn gezicht.

Hij is dood, dacht ze bijna gevoelloos, eindelijk is hij dan dood.
Hoewel ze besefte dat het eigenlijk haar plicht was om onmiddellijk de dokter te waarschuwen, bleef ze zitten, starend naar
de kippen die ze haatte. Ze voelde het als een opluchting dat
hij eindelijk dood was, de ouwe Brint, die ze een leven lang

187

had moeten verdragen. Hij was uit haar leven gelicht en ze had het gevoel dat hierdoor het verleden dichter bij was gekomen. Voortaan kon ze denken wat ze wilde zonder dat hij vroeg wat ze dacht. Zestien jaar was ze geweest, maar ze wist alles nog precies, alsof de hele gebeurtenis op een film in haar geheugen was vastgelegd. En ze wilde de herinnering ook niet kwijt, aan de knappe jonge dokter met zijn smetteloze witte jas die zo verrukkelijk geroken had en waar ze haar hele gezicht in had weggeduwd toen hij haar in zijn spreekkamer had aangerand. Of... aangerand was eigenlijk het woord niet...

Het Koninkrijk der Kikkeren is nabij

Hij kwaakte om haar aandacht te trekken en bleef zitten toen ze naderde: Susan met twee essen, omdat pappa en de ambtenaar van de burgerlijke stand zich bij de geboorteaangifte hadden vergist, een gebeuren dat ruim zes jaar geleden plaats had gevonden.

De kwaker was een groene kikker die er net zo levensecht uitzag als het exemplaar in deel V van de reeks Dieren van de gehele wereld, kleurillustratie XXIV. Zijn handjes rustten op een dakpan die al sinds de herfst van het jaar tevoren op dezelfde plaats in de grote achtertuin lag en hij keek Susan onbevangen aan.

'Gekke kwakerd, ik pak je,' zei Susan en deed nog een paar stappen naar voren tot ze tussen de dichtbebladerde struiken stond die het achterste deel van de tuin herschiepen tot een echt bos voor mensen van nog geen 1.10 meter lang.

De kikker bleef zitten en Susan veegde haar mollige rechterhandje af aan haar minuscule spijkerbroekje dat ze altijd droeg als ze in de tuin speelde, alsof ze de kikker al had gepakt, van schrik weer had laten vallen en nu het griezelige vochtige gevoel aan het vaalblauwe katoen wilde kwijtraken. Het dier likte aan zijn brede lippen, kwikte met zijn ene oog en zei: 'Kom nog een beetje dichterbij... Goed... Nu hurken, zodat ik je recht in de ogen kan zien.'

Er liep een rillinkje over Susans ruggetje en ze kreeg het gevoel dat ze een plasje moest doen. Nu ze hurkte was het bos nog groter geworden, een bos waar de boze wolf ieder ogenblik zijn lange, boosaardige kop achter de zwiepende takken vandaan zou kunnen steken. Bij ieder zuchtje wind ritselden de bladeren geheimzinnige woorden, alsof ze een of ander plan bespraken om haar te omsingelen en onverhoeds aan te vallen.

De zon was al uren uit de achtertuin verdwenen en de grond was donker en vochtig, glom hier en daar vettig. Twee halfvergeelde graspolletjes leken op de haardossen van twee trollen die tot aan de scalp in de grond begraven stonden. Een soort haarluis klom moeizaam over een geknakt sprietje heen. Susan voelde dat haar wangen gloeiden alsof ze weer mazelen had.

'Ka ... ka ... kan jij praten?' hakkelde ze.

De kikker keek haar minachtend aan en gaf geen rechtstreeks antwoord.

'Je zit nog niet helemaal goed,' zei hij en bij die woorden spleet zijn mond op een gekke manier open.

'I ... i ... i ...' lachte Susan met de letter i uit het begin van de eerste klas, omdat ze hem plotseling op kale oom Egbert vond lijken die haar altijd op zijn griezelige puntknieën trok en net zo'n spleetmond had.

'Nog iets dichterbij,' zei de kikker. 'Zo kan je me toch geen zoen geven!'

Susan schokte met haar schoudertjes en kwam 0,1 millimeter dichterbij.

'B ... be ... ben jij de kikker uit het sprookje?' vroeg ze. 'Word jij een prins als ik je een kusje geef?'

'Zo is het,' antwoordde de kikker en kwikte met het andere oog. Er voer een huivering van spanning over zijn gladde, groene lijf en hij ging even iets verzitten, zijn handjes op de dakpan iets meer uiteen.

Plotseling kwamen er twee groengele sprietjes uit zijn brede bek, twee giftige sprieten die hij op haar richtte ...

Ze krijste, viel achterover en liet haar plasje de vrije loop.

'Prins Science Fiction om precies te zijn,' prevelde de kikker en zette zijn motortje aan dat tot nu toe onzichtbaar tussen zijn achterpoten verborgen had gezeten. Hij kreeg een staart die op een stel libellevleugels leek en blauwgroen glanzend begon te trillen.

Even later was hij over de bruingeteerde schutting verdwenen, op weg naar een volgend slachtoffer. En hij was de enige niet. Samen met zijn soortgenoten zou hij net zo lang doorgaan met zijn missie tot alle menswijfjes voor het leven onvruchtbaar zouden zijn. Zijn gouden ogen glansden toen hij zijn volgende slachtoffer in het oog kreeg: Rosemarie die op haar stepje over het tuinpad reed.

Maak recht het pad des kikkers, ging het triomfantelijk door hem heen, het Koninkrijk der Kikkeren is nabij . . .